랭보
서한집

랭보 서한집

발행일   2021년 4월 9일 초판 1쇄
         2022년 11월 21일 초판 2쇄
지은이   아르튀르 랭보
옮긴이   위효정
기획   김현우
편집   정혜경
디자인   남수빈
제작   제이오

펴낸곳   읻다
등록   제300-2015-43호. 2015년 3월 11일
주소   (04035) 서울시 마포구 양화로11길 64 401호
전화   02-6494-2001
팩스   0303-3442-0305
홈페이지   itta.co.kr
이메일   itta@itta.co.kr

ISBN 979-11-89433-23-9 03860

랭보
서한집

아르튀르 랭보 지음
위효정 옮김

인다

사진 제공처

12쪽 : 랭보 독사진

50쪽 : 1871년 4월 17일 폴 드므니에게 보낸 편지

62쪽 : 1871년 5월 15일 폴 드므니에게 보낸 편지

72쪽 : 1871년 5월 15일 폴 드므니에게 보낸 편지

74쪽 : 1871년 5월 15일 폴 드므니에게 보낸 편지

78쪽 : 1871년 5월 15일 폴 드므니에게 보낸 편지

88쪽 : 1871년 6월 10일 폴 드므니에게 보낸 편지

134쪽 : 1875년 3월 5일 에르네스트 들라에에게 보낸 편지

© 프랑스국립도서관Bibilothèque nationale de France

일러두기

1. 이 책은 *Arthur Rimbaud · Œuvres complètes*, éd. André Guyaux(Gallimard, 2009)에 실린 편지를 옮긴이가 선별해 엮은 것이다. 2018년에 발견된 1874년 4월 16일 자 편지는 프레데릭 토마Frédéric Thomas가 정립하여 *Parade sauvage* 29호에 게재한 텍스트에 의거했다.

2. 편지와 시의 여러 구분선은 랭보가 편지에 넣은 구분 표시를 반영한 것이다.

3. 원문에서 대문자로 쓰인 부분은 고딕체로, 밑줄 강조된 부분은 굵은 글자로 표시했다.

4. 본문의 주는 모두 옮긴이의 주이다.

1871년 10월, 17세 랭보.

랭보의 피아노 연주에 이웃들이 귀를 막고 있다. 그림 맨 위에
제목으로 쓰인 문장은 "음악은 풍속을 순화시킨다"라는 격언이다.
(1876년 초 베를렌이 들라에에게 보낸 편지에 곁들인 그림)

"여행은 청춘을 키운다"라는 격언 아래 비엔나로 떠나는 랭보가 그려져 있다.
(1876년 베를렌이 들라에에게 보낸 편지에 곁들인 그림)

못마땅한 표정의 랭보 앞에 술병과 술잔, 사전이 놓여 있다.
(1875년 8월 24일 베를렌이 들라에에게 보낸 편지에 곁들인 그림)

베를렌이 훗날 회상으로 그린 1872년 6월의 랭보
《아르튀르 랭보 시 전집》(1895)에 저자 초상화로 사용되었다.

런던에 망명 중이던 화가 펠릭스 레가메가 그린 베를렌과 랭보.
부루퉁한 기색으로 걷는 두 사람을 경찰관이 지켜보고 있다.(1872)

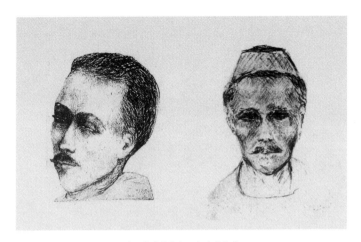

누이동생 이자벨이 그린 병석의 랭보

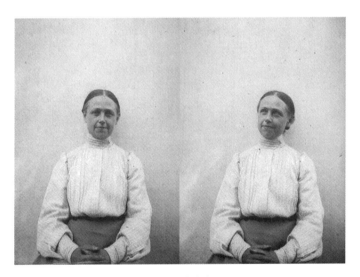

누이동생 이자벨 랭보

1880년경 아덴에서 유럽인 동료들과 찍은 사진.
(서 있는 사람 중 좌측 첫 번째)

앙리 팡탱라투르, 〈테이블 구석〉(1872).
앉은 사람 중 좌측 첫 번째가 베를렌, 두 번째가 랭보이다.

1883년 하라르에서 랭보가 직접 찍은 독사진.

창작 시기 1870~1875

창작 시기
1870~1875

ant ils auront tari leurs chiques,
mment agir, ò cœur volé ?
- seront des refrains bachiques
rand ils auront tari leurs chiques !
aurai des sursauts stomachiques
i mon cœur triste est-ravalé !
rand ils auront tari leurs chiques
mment agir, ò cœur volé ?

veut pas rien dire : — Répondez-moi : chez
evrrieue pour A.R..

조르주 이장바르[1]에게
남긴 메모

[샤를빌, 1870년 초]

아래의 책들이 있으신지, 그리고 제게 빌려주실 수 있으신지요.

(특히 이 책) 1. 《별의별 역사》, 단권, 저자는 뤼도빅 라란인 것 같습니다.

2. 《별의별 문헌들》, 단권, 동일 저자

3. 《별의별 프랑스 역사》, P. 자콥, 〈바보 축제〉, 〈유락대 두목〉, 〈공병대〉, (특히) 〈프랑스 왕의 바보광대들〉이 수록되어 있는 1권… 그리고 같은 책의 2권

내일, 10시나 10시 15분쯤에 찾으러 오겠습니다. ─ 무척 감사하겠습니다. 저한테 크게 유용할 겁니다.

아르튀르 랭보

---

1   Georges Izambard, 1848~1931. 랭보의 중학교 선생. 병가를 내고 떠난 전임자를 대신하여 샤를빌 중학교에 부임해 1870년 1월부터 학년말인 7월까지 랭보의 학급 담임 교사직을 맡았다. 랭보는 정치적으로 좌파인 데다 최신 문학 조류에 밝은 이 스물한 살의 젊은 선생과 가까이 지내며 책을 빌리거나 자기가 쓴 시에 대해 평을 청하는 등 크게 의지했다.

테오도르 드 방빌[1]에게
보낸 편지

샤를빌(아르덴), 1870년 5월 24일
테오도르 드 방빌 씨에게

친애하는 스승님께,

우리는 사랑의 계절에 있고, 저는 곧 열일곱 살이 됩니다.[2] 흔히 말하듯이 희망과 몽상의 나이이지요, — 그리하여 여기 저는, 뮤즈의 손가락이 닿은 아이로서, — 진부하다면 죄송합니다 — 제 신실한 믿음, 저의 희망, 저의 감각, 시인들의 것인 이 모든 것들을 말하고자 합니다. — 저는 그걸 봄의 것들이라고 부릅니다.

제가 아래의 시 몇 편을 — 훌륭한 출판업자 알퐁스 르메르를 통해 — 선생님께 보내는 것은, 제가 모든 시인들을, — 그리고 무릇 시인은 한 명의 파르나스파인 만큼 — 이상적 아름다움에 사로잡힌 모든 훌륭한 파르나스파들을 사랑하기 때문입니다. 제가 선생님 안에 있는 롱사르[3]의 한 후예를, 1830년 우리 스승들

---

1 Théodore de Banville, 1823~1891. 프랑스 시인. 풍부한 각운과 경쾌한 리듬을 능란하게 사용하는 시들을 썼고, 1866년부터 르메르 출판사에서 발간된 《현대 파르나스》지에서 중심적 역할을 했다.
2 1870년 5월 당시 랭보는 사실 열다섯 살이었다.

의 형제를, 진정한 낭만주의자를, 진정한 시인을 정말이지 순진하게 사랑하기 때문입니다. 그게 이유입니다. 멍청하지요, 안 그렇습니까, 하지만 어쩌겠어요?…

2년 안에, 어쩌면 1년 안에 저는 파리로 갈 겁니다. ─ "안키오",[4] 신문사 선생님들이여, 파르나스파가 될 겁니다! ─ 제 안에 있는 것… 치밀어 오르는 이것이 무엇인지 저는 모릅니다… ─ 맹세합니다, 친애하는 스승님, 저는 언제까지나 두 여신을, **뮤즈**와 **자유**를 숭배할 것입니다.

이 시들을 읽으면서 너무 언짢은 얼굴을 하진 마세요.

…선생님께서 파르나스파 사이에 〈나는 한 여신을 믿습니다 Credo in unam〉[5]를 위한 작은 자리를 내도록 조처해주신다면, 친애하는 **스승**님, 저는 기쁨과 희망으로 미쳐버릴 겁니다.

…내가 《파르나스》의 최신호에 들어간다, 그게 시인들의 **사도신경**이 된다!… ─ 야망! 오오 이 **미친 것**!

아르튀르 랭보

---

3 Pierre de Ronsard, 1524~1585. 르네상스 시대 프랑스 시인으로, 방빌이 애호했다.
4 Anch'io : '나 역시'. 카라바조가 라파엘로의 그림 앞에서 외쳤다고 전해지는 유명한 말, "나 역시 화가다 Anch'io son' pittore"에서 따온 표현이다.
5 사도신경의 첫 구절, '나는 하나인 신을 믿습니다 Credo in unum [Deum]'의 목적어 자리에 남성형 대신 여성형 한정사 'unam'을 넣은 라틴어 문장이다.

———————————

여름날 아름다운 저녁, 나는 오솔길로 가리라,

밀 이삭에 찔리며, 잔풀을 밟으며.

꿈꾸는 자, 나는 그 서늘함을 내 발에 느끼리라,

벗은 내 머리 씻기는 바람을 그대로 두리라…

말하지 않으리, 아무 생각도 하지 않으리…

그러나 거대한 사랑이 내 영혼 속으로 들어오리니

그리하여 나는 가리라, 멀리, 아주 멀리, 보헤미안처럼

자연 속을 ── 여자와 함께인 듯 행복하게!

1870년 4월 20일

A. R.

20

오필리아

I

별들이 잠자는 고요하고 검은 물결 위로
하얀 오필리아 떠간다 한 송이 커다란 백합처럼,
긴 베일 두르고 누워, 아주 천천히 떠간다…
— 숲에서는 멀리로 사냥꾼의 각적 소리 들려오는데…

천 년이 넘었구나 슬픈 오필리아,
하얀 망령되어 검고 긴 강물을 흘러다닌 지가.
천 년이 넘었구나 그녀의 부드러운 광기가
저녁 산들바람에 자기 연가를 중얼거린 지가…

바람은 그녀의 가슴에 입 맞추며, 물결이 살살 흔들어 어르는
그녀의 넓은 베일을 꽃부리처럼 펼쳐놓는다.
버들은 가늘게 떨며 그녀 어깨에 눈물 흘리고,
꿈꾸는 그녀의 넓은 이마 위로 갈대들이 몸을 굽힌다.

구겨진 수련들은 그녀를 둘러싸고 한숨짓는데,
이따금 그녀가 잠든 오리나무 속 어느 둥지를 깨우니
가볍게 전율하는 날갯짓 한 번 빠져나오고
— 신비로운 노래 하나 금빛 항성들에서 떨어진다…

II

오 창백한 오필리아! 눈처럼 아름답구나!
그래 너는 죽었지, 아이야, 성난 강물에 휩쓸려!
─그건 노르웨이의 웅대한 산들에서 내려온 바람이
네게 혹독한 자유를 속삭였기 때문이지.

한 줄기 하늘의 숨결이 너의 머리채 휘어잡으며
꿈꾸는 네 정신에 이상한 소리를 옮겼기 때문,
네 마음이 나무의 탄식과 밤의 한숨 속에서
자연의 마음을 들었기 때문이지.

바다들의 목소리가, 거대한 헐떡임처럼,
너무 인간적이고 너무 부드러운 네 어린 가슴을 부수었기 때문
이며,
─어느 사월 아침에 창백한 미남 기사가,
가엾은 광인이 네 무릎 위에, 말없이, 앉았기 때문이지!

하늘! 사랑! 자유! 그 무슨 꿈이던가, 오 가엾은 광녀여!
불에 닿은 눈송이처럼 너는 그에게 녹아들었고,
네가 본 거대한 광경들은 네 말을 틀어막았고.
─끔찍한 무한이 네 푸른 눈동자를 어지럽혔지!…
…………………………………………………………

III

그리고 **시인**은 말한다, 밤이면 별빛 받으며

손수 꺾은 꽃들을 찾아 네가 온다고,

물 위로, 긴 베일 두르고 누워, 한 송이 커다란 백합처럼

떠가는 하얀 오필리아를, 보았노라고.

아르튀르 랭보
1870년 5월 15일

나는 한 여신을 믿습니다

....

태양이, 온화함과 생명의 화덕이,
황홀해하는 대지에 불타는 사랑을 들이붓는다.
그리하여 계곡에 누우면 느낄 수 있다,
성숙한 대지에서 피가 넘쳐흐르는 것을.
하나의 영혼이 떠받치고 있는 그 거대한 젖가슴은
신처럼 사랑으로, 여자처럼 살로 이루어졌음을,
수액과 광선으로 풍만해진 그것이
온갖 배아들의 거대한 득실거림을 품고 있음을!

그러니 만물이 산다! 만물이 올라온다!… ― 오 베누스여, 오 여
신이여!
나는 고대의 청춘기 그 시대를 그리워하노라,
관능적인 사티로스들, 동물적인 목신들이
잔가지 껍질을 사랑으로 물어뜯으며
수련 속 금발 님프에게 입 맞추던 시대를!
나는 그리워하노라, 세계의 정기가,
재잘대는 강물이, 초록 나무들의 장밋빛 피가
판의 혈관에 우주를 차려내던 시대를!
그의 기다란 염소 발굽 아래에서 만물이 태어나고 살던 시대,
초록 갈대피리에 나긋하게 입 맞추는 판의 입술이

하늘을 이고 사랑의 대찬가를 흥얼대던 시대,

들판에 선 그가 주위에서, 자기 부름에 답하는

살아 있는 **자연**의 소리를 듣던 시대,

말없는 나무들이 노래하는 새를 어르고

대지가 **인간**을, 또 기나긴 푸른 강을 어르던 시대,

모든 **동물들**이 한 **신**의 발치에서 사랑을 하던 시대를!

나는 그리워하노라 저 위대한 키벨레,

웅대하게 아름다운 그 여신이 거대한 청동 전차를 타고

찬란한 도시들을 누빈다고 회자되던 시대를!…

그녀의 양쪽 가슴에서 광활한 땅 곳곳을 적시는

무한한 생명의 순결한 물줄기가 흘러나왔고,

인간은 그 복된 **젖**을 행복스레 빨면서

어린애마냥 그녀의 무릎 위에서 놀았지!

— 강했기에, **인간**은 정결하고 온화했지!

……………………………………………………………………

비참하도다! 이제 **인간**은 말한다, "나는 만물을 아노라",

그러고는 눈을 감고 귀를 닫고 가는구나!

혹 신들을 인정한대도, 그 자신 최소한 **왕**이라는 것!

그가 **신앙**을 잃은 것은 그에게 더 이상 **사랑**이 없기 때문이니!

— 오! 신들과 **인간**들의 위대한 **어머니**여, 키벨레여,

인간이 여전히 그대 유방에서 목을 축일 줄 안다면!

저 불멸의 아스타르테6를 저버리지 않았더라면!

---

6 그리스의 아프로디테, 로마의 베누스에 상응하는 프리기아의 여신.

옛날, 푸른 물결의 광막한 광채 속에서
파도 향기를 내는 살의 꽃으로 떠올라
물거품이 눈처럼 흩날리는 장밋빛 배꼽을 내보이며
숲속 **밤꾀꼬리**와 가슴 속 사랑으로 하여금
도처에서 노래하게 만들었던, 의기양양한 눈의 그 **여신**을!
....

나는 그대를 믿나니! 나는 그대를 믿나니! 신성한 **어머니여**,
바다의 아프로디테여! 오! 삶은 쓰디쓰구나,
다른 신 하나가 제 십자가의 멍에를 우리에게 씌운 이래로는!
하지만 그대다, 베누스여! 내가 믿는 것은 그대!
그렇다, 인간은 약하고 추하다, 회의는 인간을 황폐케 하나니.
옷을 입는 것은 인간이 이제 더는 정결하지 않기 때문,
신에게서 물려받은 제 당당한 상체를 더럽혔기 때문이며,
올림포스에 거하던 육체가, 불길에 던져진 우상처럼
오그라들어 더러운 노예 처지에 넣겨졌기 때문이니!
그렇다, 죽은 후에까지, 창백한 해골이 되어
인간은 살고 싶어 한다, 최초의 **미**를 모욕하면서!
그리고 여자, 그대가 그토록 순결성을 부어 넣었던 **우상**,
인간이 제 가난한 영혼을 밝혀
땅 위 감옥에서 햇빛의 아름다움을 향해
거대한 사랑에 싸여 천천히 올라갈 수 있도록
그대가 우리의 진흙덩이로 신성하게 빚어낸 저 **우상**,
— **여자**는 이제 유녀 노릇조차 할 줄을 모르고!
— 소극이 따로 없도다! 그리하여 세상은 위대한 베누스의

감미롭고 성스러운 이름을 입에 올리며 히죽대는구나!⁷

....

오! 다시 도래할 시대! 그 시대가 정히 도래했다!

이런 역할들에 놀아나라고 **인간**이 지어지지는 않았으니!

창창한 햇빛 아래, 우상들을 깨부수느라 지친 그가

소생하리라, 제 모든 **신들**로부터 자유롭게!

하늘에서 왔으니, 하늘을 살피리라!…

진흙덩이 육신 아래 그가 지닌 **신적**인 것 일체가,

이상이, 꺾을 수 없는 그 영원한 사유가,

올라오리라, 올라오리라, 그의 이마 아래서 불타오르리라!

낡은 멍에를 경멸하게 된 자, 모든 두려움에서 자유로워진 인간이

저 지평선을 남김없이 측량하는 것을 그대가 보게 될 때,

성스러운 **속죄**를 베풀러 그대가 올 것이니!…

찬란하게, 빛을 뿜으며, 대양 한복판에서

그대는 솟아오르리라, 무한한 **미소** 속

무한한 **사랑**을 광막한 **우주** 위로 던지며!

거대한 입맞춤의 전율 속에서

세계는 거대한 리라처럼 진동하리라!

─세계는 사랑에 목마르니! 그대가 와서 그 갈증을 달래리라!…

오! **인간**이 자유롭고 당당한 머리를 다시 들었도다!

태초의 미 그 돌연한 광선이

---

7 성적 은어나 비속어에 베누스의 이름이 자주 쓰였다. 예를 들어 '민중의 베누스'는
   매춘부를, '베누스의 발길질'은 매독을 의미했다.

육체라는 제단에 깃든 신을 고동치게 하는구나!

현재의 선에 행복하고, 견뎌낸 악에 창백하게 질려,

인간은 모든 것을 측량하려고 한다 — 알려고 한다! **사유**가,

오래, 그토록 오래 억눌렸던 그 암말이

인간의 이마에서 돌진해 나간다! 머잖아 **왜**를 알게 되리라!…

암말이여 자유로이 뛰어오르라, 그러면 **인간**은 **신앙**을 갖게 되

리라!

— 왜 창공은 말이 없으며 왜 공간은 측량할 수 없는가?

모래알처럼 북적대는 금빛 항성들은 왜인가?

계속해서 올라가면, 저 위에서 무엇을 보게 될 것인가?

목자가 있어, 공간의 공포 속에서 길 더듬어가는

세계라는 저 거대한 양떼를 이끌어가는가?

이 모든 세계들이, 광대한 에테르에 감싸인 채,

어느 영원한 목소리의 기색에 따라 진동한단 말인가?

— 또한 **인간**은, 볼 수 있는가? "나는 믿노라"고, 말할 수 있는가?

사유의 목소리가 한갓 꿈보다 나을 것이 있는가?

인간이 그토록 조숙아로 태어난다면, 인생이 그토록 짧다면,

그는 어디에서 오는 것인가? **싹**들의, **태아**들의, **배아**들의

깊은 **대양** 속으로, 거대한 **용광로** 바닥으로

가라앉는 것인가, 거기서 **어머니 자연**이

그를 소생시키면, 살아 있는 피조물 되어

장미꽃 속에서 사랑하고 밀밭 속에서 성장하게 될 것인가?…

우리는 알 수 없다! — 우리는 눌려 있다,

무지와 편협한 몽상들의 망토에!

어머니들의 음부에서 떨어진 인간 원숭이들,

우리의 창백한 이성이 우리에게서 무한을 숨기는구나!

우리는 바라보고자 하나 — **회의**가 우리를 벌하는도다!

회의, 그 침울한 새가 제 날개로 우리를 때린다…

— 그리하여 지평선은 영원한 소실점으로 도망친다!…

....

커다란 하늘이 열렸다! 신비는 죽었다,

풍요로운 자연의 거대한 찬란함 속에서

강한 팔로 팔짱 긴 채, 곧추선 **인간** 앞에서!

그가 노래한다… 또한 숲이 노래하고, 강물이 속삭인다,

햇빛을 향해 오르는 행복 가득한 찬가!…

— **속죄다!** 사랑이다! 사랑이다!…

....

오 육체의 찬란함이여! 오 이상의 찬란함이여!

오 숭고한 새봄이여, 승리의 새벽이여,

그때 새하얀 칼리피즈[8]와 어린 에로스는

신들과 **영웅들**을 발아래 엎드리게 하며,

눈처럼 내리는 장미꽃에 덮여

여자들과 그들의 아름다운 발치에 피어난 꽃들을 스칠 것이다!

— 오 위대한 아리아드네여, 테세우스의 돛단배가

햇빛 아래 하얗게 저 멀리 파도 위로 사라지는 것을 보며

---

8 '아름다운 엉덩이를 가진'. 아프로디테에게 따라붙는 수식어 중 하나이다.

해안에 흐느낌을 뿌리고 있는 그대,

오 하룻밤이 깨뜨려놓은 다정한 처녀 아이여

울음을 멈추어라, 색정적인 호랑이들과 다갈색 표범들에 이끌려

프리기아의 벌판을 누비던 리시오스[9]가

검은 포도송이 수놓인 금빛 전차를 타고

푸른 강줄기를 따라 어두운 이끼를 붉게 물들이고 있지 않느냐.

— 수소 제우스가 에우로페의 벗은 몸을

아이처럼 목에 올려 어르고, 공주는 하얀 팔을 뻗어

힘줄 붉거진 신의 목을 안으며 물결 속에서 전율한다…

수소는 몽롱한 눈길을 천천히 돌려 공주를 보고…

공주는 신의 이마에 꽃 피어나는 창백한 뺨을

쏠리는 대로 둔다. 두 눈을 감고, 신성한 입맞춤 속에서

그녀가 죽자, 속삭이는 물결이

금빛 거품으로 공주의 머리채를 꽃피운다…

— 협죽도와 재잘대는 수련 사이로

꿈꾸는 커다란 백조가 다정하게 미끄러져 들어와

날개 가득한 순백색으로 레다를 싸안는다.

— 그때에, 기이하게 아름다운 키프리스[10]가 지나가며

찬란한 살집이 잡힌 허리를 휘어 젖히고

풍만한 젖가슴의 금빛을, 또한 검은 이끼로 수놓인

눈밭 같은 배를 당당하게 펴내 보인다.

길들이는 자 헤라클레스가, 제 너른 몸뚱이에

---

9 '해방자'라는 의미로, 디오니소스 신의 별칭이다.
10 '키프로스의 여신'. 아프로디테의 별칭이다.

사자 가죽을 영광처럼 두르고 나아간다,
무섭고도 온화한 얼굴로, 지평선을 향해!…

여름 달의 흐릿한 빛을 받으며
금빛 창백한 자태로 몽상에 잠겨 서 있는 나신
푸르고 긴 머리 타래의 무거운 물결 얼룩을 드리우고,
이끼가 별처럼 박혀 있는 숲속 어두운 빈터
숲의 요정 드리아드가 신비로운 하늘을 바라본다…
— 하얀 셀레네는 베일을 펄럭이며
두려운 듯이, 아름다운 엔디미온의 발 위로 내려와
한 줄기 창백한 빛 속에서 그에게 입맞춤을 던진다…
— 저 멀리서 긴 황홀경에 잠겨 샘물이 운다…
그것은 님프, 물 단지에 팔꿈치를 괴고
제 물결이 치댔던 아름답고 강한 젊은이의 꿈을 꾼다.
— 사랑의 미풍이 밤을 지나갔고…
그리하여 성스러운 숲속, 거목들의 공포 아래
장엄하게 서 있는 어두운 대리석들이,
피리새가 이마에 둥지를 트는 **신들**이,
— **신들**이 **인간**을, 무한한 세계를 듣는다!…
………………………………………………………………

1870년 4월 29일
아르튀르 랭보

31

이 시가 《현대 파르나스》에 자리를 잡는다면 어떨까요?

— 이 시는 시인들의 신앙이 아닙니까?

— 저는 무명입니다만, 무슨 상관이겠습니까? 시인들은 형제입니다. 이 시는 믿고, 사랑하고, 희망합니다. 그게 전부입니다.

— 친애하는 스승님, 나의 선생님, 절 조금 일으켜주십시오, 저는 젊습니다, 제게 손을 내밀어주십시오…

조르주 이장바르에게
보낸 편지

샤를빌, 70년 8월 25일

선생님,

선생님은 행복하십니다, 이제 샤를빌에 살지 않는 선생님은요!
— 제가 태어난 도시는 시골 소도시들 중에서도 특출나게 멍청
합니다. 그 점에 대해 보시다시피 저는 더 이상 환상이 없습니다.
눈에 띌 일 없는 도시인데 메지에르 옆에 있다는 이유로, 샤를빌
거리에서 이삼백 명의 군바리들이 편력하는 게 보인다는 이유로,
이 마음씨 고운 주민들은 법석을 부리면서 프뤼돔스럽게[1] 검객
행세를 합니다. 정작 포위를 당한 메츠나 스트라스부르와는 딴판
이지요! 끔찍합니다, 군복을 다시 입는 전역 식료품 장수들이라
니! 기가 막힙니다, 아주 개같아요. 공증인들, 유리 장수들, 징세
원들, 소목장이들, 모든 **배불뚝이**들이 가슴에 샤스포 소총을 받들

---

1 프뤼돔은 19세기 풍자화가이자 극작가였던 앙리 모니에의 작품에 등장하는 인물로,
   인습적이고 범용한 부르주아의 전형이다. 랭보는 이 이름으로 부사 'prudhommes-
   quement'를 만들어낸다.

고 메지에르 성문들에서 애국순찰주의[2]를 실천합니다. 내 조국이 들고 일어납니다!… 저는요, 차라리 잠자코 앉아 있는 조국을 보고 싶습니다. 장화 발을 휘젓고 다니지 마시오! 그게 제 원칙입니다.

저는 여기가 낯설기만 해요, 병이 나고, 화가 치밀고, 어리벙벙하고, 거꾸러져 있습니다. 햇볕에 몸 담그기, 끝없는 산책, 휴식, 여행, 모험, 말하자면 보헤미안 짓거리가 소원이었고, 무엇보다 신문, 책들이 소원이었는데… ― 아무것도 없어요! 아무것도! 이젠 서점에 우편이 아예 안 들어옵니다. 파리에서 우리를 단단히 놀려먹는 거죠, 단 한 권의 새 책도 없어요! 이건 죽음이에요! 그러니 제게는 신문이래봤자 저 훌륭한 《아르덴 통신》뿐, 그 소유자이자 관리자이자 사장이자 주필이자 유일한 필자는 A. 푸야르! 이 신문이 주민들의 열망과 기원과 견해를 간추려주니, 글쎄 어떨지, 생각해보세요! 깔끔하죠! ― 자기 조국에 유배되는 겁니다!!!!

다행히 제겐 선생님의 방이 있어요. ― 선생님이 허락해주신 것 기억하시지요. ― 선생님 책의 반을 가져왔습니다!《파리의 악마》를 가져왔어요. 그랑빌의 데생만큼 멍청한 게 있는지 어디 말해보실래요? ― 재미있는 소설 두 권,《인디언 코스탈》과《네소스의 튜닉》이 있습니다. 다음으로 뭘 말씀드릴 수 있을까요?… 선생님의 책은 다 읽었어요, 다요. 사흘 전에는《시련》으로 내려갔고, 다음엔《이삭 줍는 여인들》, ― 네, 이 시집을 다시 읽었어

---

2 patrouillotisme. 순찰 patrouille과 애국주의 patriotisme를 조합해 만들어낸 단어.

요! — 그게 다였어요!… 더는 아무것도 없어요. 선생님의 서가, 제 마지막 구원의 널빤지가 다 떨어졌어요!… ——《돈키호테》가 나타났었죠, 어제 도레의 목판화들을 두 시간 동안 재검토했습니다. 지금은, 제게 더는 아무것도 없어요! — 시를 보냅니다. 어느 아침, 햇볕 아래에서 읽어주세요, 제가 그걸 썼을 때 그랬던 것처럼요. 바라건대 선생님은 더 이상 교사가 아니시겠죠, 지금은요! —

— 루이자 시페르의 최근 시들을 빌려드렸을 때, 그녀에 대해 더 알고 싶어 하시는 것 같았어요. 얼마 전에 그녀의 첫 시집,《잃어버린 빛》4판의 몇몇 부분을 손에 넣었는데, 그중 무척 감동적이고 굉장히 아름다운 시가 한 편 있어요.〈마르그리트〉입니다.

···

나는 멀찌감치 있었네, 무릎 위에는
커다랗고 파란, 그토록 순순한 눈의 어린 사촌을 앉히고.
마르그리트라고 하는 매혹적인 여자아이,
금발머리에, 그토록 작은 입에,
투명한 얼굴빛.···
···

너무도 어린 마르그리트. 오! 그녀가 내 딸이라면,
내게 아이가 있다면, 금발머리 얌전한 얼굴,
그 연약한 피조물 안에서 다시 살아가련만,
거리낌없는 큰 눈을 가진, 장밋빛의 무구한 존재가 있다면!
그토록 자랑스러울 아이 생각을 하면서

눈물이 솟아 눈꺼풀까지 찰랑거렸지,

내가 갖지 못할, 내가 결코 갖지 못할 아이.

미래, 내가 사랑하던 이에게 잔인했던 미래는

이 아이에 대해서도 내가 절망하기를 바라니까.

....

나를 두고는 결코 일러지지 않을 말, 저이는 어머니야!

어떤 아이도 내게 하지 않을 말, 엄마!

젊디젊은 내 나이 아가씨가 상상하는

천상의 소설이 내겐 끝이 났네.

....

열여덟 내 삶이 품은 것, 오로지 과거 하나.

소포클레스 비극에 나오는, 처녀로 죽은 안티고네의 단식만큼
이나 아름다워요. — 저한테 폴 베를렌의 《페트 갈랑트》, 귀여운
에퀴 12절 판형 시집이 있어요. 아주 괴상야릇하고, 무척 웃겨요.
근데 정말이지, 멋져요. 가끔씩 굉장히 심한 파격을 쓰고요. 예를
들면

히르카니아의 무시무-시한 암호랑이.[3]

가 이 책의 한 구절이에요. —《좋은 노래》를 사세요, 선생님께

---

3 《페트 갈랑트》 중 〈동굴 속에서〉의 3행이다. 프랑스 작시법에 따르면 12음절 시구
의 여섯 번째 음절에서 시가 자연스럽게 끊겨 읽혀야 하는데, 이 시구(Et la tigresse
épouvantable d'Hyrcanie)에서는 여섯 번째 음절(pou)이 단어 중간에 온다. 랭보는
이 파격을 표시하기 위해 해당 위치에 줄표를 넣었다(épou-vantable).

권합니다. 같은 시인의 얇은 시집인데 르메르 출판사에서 이제 막
나왔어요. 저는 아직 안 읽어봤어요, 여기에는 아무것도 안 오니
까요. 하지만 여러 신문들에서 좋은 얘기를 많이 하더라고요. —
안녕히 계세요. 스물다섯 장짜리 편지를 보내주세요 — 유치우편
으로 말이죠, — 그리고 빨리요!

A. 랭보

추신. — 곧, 전격 공개하겠습니다, 방학 이후에 제가 살아갈
삶에 대해서……

니나를 붙드는 것

그 — ....

　　　내 가슴에 네 가슴을 포개고,
　　　　　우린 갈 거야, 그렇지?
　　　콧구멍 가득 바람 들이켜면서,
　　　　　시원한 빛을 향해

　　　포도주 같은 햇살로 그대를 씻어주는
　　　　　저 푸른 아침에,
　　　사랑으로 말을 잃고
　　　　　숲이 온통 떨며 피 흘릴 때

　　　가지가지마다 초록 방울,
　　　　　맑은 새순들,
　　　피어나는 것들 속에서 우린 느끼지
　　　　　육체들의 떨림을.

　　　너는 자주개자리 풀숲에
　　　　　네 긴 잠옷을 담그겠지,
　　　네 검고 커다란 눈에 드리워진
　　　　　푸른 눈시울로 너는 신성할 터,

들판의 애인 되어,
　　　　터져나오는 웃음을
샴페인 거품처럼
　　　　사방에 흩뿌리고!

나를 향해 웃겠지, 나는 취기로 험해져서,
　　　　너를 덮칠지도 몰라,
이렇게, ─그 탐스러운 머리 타래를,
　　　　오! ─나는 마실 거야,

산딸기 나무딸기 맛을 내는 너를,
　　　　오 꽃 같은 몸이여!
네 입술을 훔치는
　　　　팔팔한 바람을 향해 너는 웃겠지,

한 떨기 들장미에도 웃어주겠지,
　　　　스스럼없이 널 성가시게 하는데…
나도 마찬가지라고? 쪼끄만 게,
　　　　심술궂게 굴긴!

열일곱 살! 너는 행복할 거야!
　　　　─오! 드넓은 초원
사랑에 빠진 드넓은 들판!
　　　　─말해봐, 더 가까이 와봐!…

—내 가슴에 네 가슴을 포개고,
　　우리 둘 목소리를 섞으며,
천천히, 우리는 골짜기에 가 닿을 거야,
　　그다음엔 큰 숲으로!⋯

그럼 죽어가는 소녀인 양
　　너는 심장이 몽롱해져서,
널 안고 가달라고 내게 말할 테지,
　　눈은 반쯤 감은 채⋯

나는 파닥이는 너를 안고 가겠지,
　　오솔길 속으로⋯
새는 귀여운 문지기 노릇을 하며
　　안단테 노래를 뽑아낼 테지⋯

나는 네 입속에다 말할 테지,
　　나는 가리라고, 널 꼭 껴안은 채로
네 몸을, 어린아이 안아 재우듯이 껴안고서,
　　나는 피에 취하겠지

장밋빛 색조를 띤 네 하얀 피부 아래로
　　파랗게 흐르는 피
나는 솔직한 언어로 나지막이 말할 테지⋯
　　자!⋯ —너도 아는 언어야⋯

우리의 큰 숲은 수액 냄새를 풍길 테지,
　　그리고 태양은
그 어둑한 진홍빛 거대한 꿈에
　　순금의 모래를 뿌릴 테지!

저녁엔?… 우린 하얗게 뻗은 길로
　　다시 돌아올 거야,
풀 뜯는 가축 떼인 양, 사방을
　　어정거리며…

반쯤 내려온 어둠 속에서
　　우리는 다시 마을로 들어설 테지,
그리고 저녁 공기에서는
　　우유 냄새가 나겠지,

외양간 냄새가 나겠지,
　　뜨뜻한 두엄 그득한 곳,
느린 숨결의 리듬이 그득한 곳,
　　그 커다란 등허리들은

희미한 빛 아래 하얗게 빛나고.
　　그리고, 바로 거기에서,
암소 한 마리가 똥을 눌 거야, 자랑스럽게,
　　걸음걸음마다!…

할머니의 돋보기 안경과
    기다란 코는
미사경본 속에 파묻혀 있고. 납테가 둘린
    맥주 단지는

씩씩하게 타오르는 큰 담뱃대들
    사이에서 거품을 내고.
열, 열다섯의 거대한 입술들이
    연기를 내뿜으면서도

포크의 햄 덩이를 덥석 물지,
    이만큼, 이만큼 또 더.
조그만 침대들과 궤짝들을
    환히 비춰주는 불.

무릎 꿇고, 사발 속에
    뽀얀 얼굴을 밀어넣는
토실토실한 아이의
    반짝거리는 통통한 두 볼기짝.

콧방울 하나가 스치듯 다가와
    다정한 톤으로 가릉거리며
그 튼튼한 아이의
    동그란 얼굴을 핥고.

의자에 걸터앉은 시커멓고 거만하며
　　무시무시한 실루엣,
잉걸불 앞의 노파는
　　실을 잣는데.

저 오막살이집들에서, 내 사랑아,
　　우리는 얼마나 많은 것을 보게 될까,
난롯불이 잿빛 유리창에
　　환한 빛을 던질 그때에!…

— 그런 다음엔, 라일락 덤불 속에
　　서늘하고도 아늑하게 자리잡은
저 집, 가려진 유리창은
　　그쪽에서 웃음 짓고…

— 너는 올 거야, 너는 올 거야, 널 사랑해,
　　아름다울 거야!
너는 올 거야, 그렇잖니, 게다가…

그녀 —　　　그럼 사무실은?

　　　　　　　1870년 8월 15일　아르튀르 랭보

조르주 이장바르에게
보낸 편지

파리, 1870년 9월 5일

친애하는 선생님,

선생님께서 하지 말라고 충고하셨던 것, 그걸 했습니다. 어머니 집을 떠나 파리로 왔어요! 이 여정은 8월 29일에 시작됐습니다. 제게는 1수도 없었는데 철도 운임 13프랑을 내야 했기에[1] 객차에서 내리다 붙들렸고, 경시청으로 인도되었다가, 오늘은 마자스 감옥에서 재판을 기다리고 있어요! 아아! — 어머니와 **선생님께 희망을 걸고 있습니다**, 저에게 선생님은 언제나 형이나 마찬가지였으니까요. 선생님께서 제안하셨던 그 도움을 간곡하게 청합니다. 어머니, 제국 검사,[2] 샤를빌 경찰서장에게 편지를 쓴 참입니다. 수요일, 두에에서 파리로 가는 기차편 이전에 저한테서 다른

---

1 1프랑은 100상팀, 1수는 5상팀이다. 1870년 전쟁이 터지기 전 빵 1킬로그램은 50상팀, 우유 1리터는 20상팀이었고, 1873년에 인쇄된 랭보의 《지옥에서 보낸 한 철》 표지에는 1프랑이라는 값이 적혀 있다.

2 1870년 9월 1일 스당에서 패한 나폴레옹 3세가 포로로 잡히면서 제정이 무너지고 9월 4일에는 제3공화국이 선포되었다. '제국'의 검사를 언급하는 것으로 보아 수감 중이던 랭보에게는 이 소식이 전해지지 않았던 듯하다.

44

소식이 없으면, 그 기차를 타세요, 여기로 와서 진정서를 써서 저를 꺼내주세요, 아니면 선생님께서 검사 앞에 출두해주세요, 빌어주시고, 저에 대한 책임을 져주시고, 제 빚을 갚아주세요! 선생님께서 할 수 있는 모든 걸 해주세요, 그리고 이 편지를 받으시는 대로 선생님 쪽에서도 편지를 써주세요, 네, 제가 선생님께 드리는 명령입니다, 저의 불쌍한 어머니에게 편지를 써주세요(샤를빌 마들렌 둑길 5번지입니다). 어머니를 위로해주시고, 저한테도 편지를 써주세요. 모든 걸 해주세요! 선생님을 사랑합니다… 형처럼요, 앞으로는 아버지처럼 사랑하겠습니다.

선생님께 악수를 건넵니다, 선생님의 불쌍한

아르튀르 랭보
마자스 감옥

그리고 저를 석방시키는 데 성공하시면, 두에로 데리고 가주세요.

45

폴 드므니[1]에게
남긴 메모

[두에, 1870년 9월 말]

작별 인사를 하러 왔는데, 댁에 안 계시네요.

다시 들를 수 있을지 모르겠습니다. 저는 내일 아침이 되자마자 샤를빌로 떠납니다. — 통행증이 있어요. — 선생님에게 작별 인사를 하지 못하는 것이 한없이 아쉽습니다.

할 수 있는 한 가장 격한 악수를 선생님께 건넵니다. — 소망을 담습니다. — 편지 드리겠습니다. 선생님도 제게 편지 쓰시겠지요? 아닌가요?

아르튀르 랭보

---

1 Paul Demeny, 1844~1918. 랭보가 두에에 머무르는 동안 이장바르를 통해 알게 된 두에 출신의 젊은 시인.

조르주 이장바르에게
보낸 편지

샤를빌, 1870년 11월 2일

선생님,

— 이건 선생님 혼자만 보세요. —[1]

선생님과 헤어지고 하루 뒤에 샤를빌에 돌아왔습니다. 어머니가 저를 받아주셨고, 그러고 나서 저는 — 여기 있습니다… 아무 하는 일 없이. 어머니가 절 기숙학교에 넣는 건 71년 1월이나 되어야 할 것 같다네요.

자, 보세요! 전 약속을 지켰어요.

전 죽어갑니다, 단조로움 속에서, 역정 속에서, 우중충함 속에서 분해되고 있습니다. 어쩌겠어요, 저는 끔찍할 만큼 고집스럽게 자유로운 자유를 앙망합니다, 그러니… 왜 아니겠어요, "보고 있기 딱한" 짓들이 한 무더기죠! — 오늘만 해도 전 다시 떠나야 했어요. 그럴 수 있었고요. 새 옷을 입고 있었고, 제 손목시계

---

1 이장바르의 이모들에게 보내는 편지가 동봉되어 있었을 거라고 짐작되나, 남아 있지는 않다.

를 팔 수 있었을 테죠. 그러곤 자유 만세! — 그런데 전 남았어요!
남아 있어요! — 앞으로도 저는 몇 차례고 다시 떠나고 싶을 겁
니다. — 가자, 모자 외투 챙기고, 두 주먹은 호주머니에, 자, 나가
자! — 그러나 저는 남아 있겠습니다, 그러겠습니다. 제가 약속은
하지 않았었죠. 하지만 선생님의 애정에 값하기 위해 그렇게 하
겠습니다, 선생님이 그렇게 말씀하셨으니까요. 선생님의 애정에
값하겠어요.

제가 선생님께 품는 감사의 마음, 그걸 표현할 수는 없을 것 같
아요. 오늘은 요전날보다 더 그렇습니다. 저는 그걸 증명하겠어
요. 선생님을 위해 무엇인가를 해야 할 테지요, 그러느라 제가 죽
더라도요. — 그 점에 대해서는 제가 약조를 드립니다. — 드릴
말씀이 아직 한 무더기인데요…

— 이 "무정"한 —
A. 랭보

전쟁 상황을 전해드리자면 — 메지에르는 포위되지 않았습니
다. 언제까지일지? 다들 그 얘기는 꺼내지 않습니다. — 드베리
에르[2] 선생님께 가서 시키신 심부름을 했어요. 더 할 것이 있다면
하겠습니다. — 여기저기에서 유격대 짓거리들입니다. — 지긋지
긋하게 가려운 발진 같은 백치증, 주민들의 정신이란 게 그렇습

---

2 샤를빌의 사립학교 로사 학원의 교사. 이장바르와 친하게 지냈으며, 랭보가 두에에
   머무는 동안 함께 휴가를 보내기도 했다. 랭보는 어머니의 감시를 피하고자 한동안
   드베리에르를 통해 우편물을 받아본다.

니다. 별별 소리를 다 듣습니다, 정말. 그게 사람 진을 빼요.

Charleville, 17 avril 1871.

Votre lettre est arrivée hier 16. Je vous
remercie. — Quant à ce que je vous demandais,
étais-je sot ! Ne sachant rien de ce qu'il faut
savoir, résolu à ne faire rien de ce qu'il faut faire,
je suis condamné, dès toujours, pour jamais. Vive
aujourd'hui, vive demain !

Depuis le 12, je dépouille la correspondance au
Progrès des Ardennes : aujourd'hui, il est vrai,
le journal est suspendu, mais j'ai apaisé
la Couche d'ombre pour un temps.

Oui, vous êtes heureux, vous. Je vous dis cela,
— et qu'il est des misérables qui, femme ou idée,
ne trouveront pas la Sœur de charité.

Pour le reste, pour aujourd'hui, je vous
conseillerais bien de vous pénétrer de ces versets
d'Ecclésiaste, cap. II, 12 aussi sapients que
romantiques : « Celui-là aurait sept replis
de folie en l'âme, qui, ayant pendu ses habits
au soleil, geindrait à l'heure de la pluie. »

1871년 4월 17일 폴 드므니에게 보낸 편지 원본.

폴 드므니에게
보낸 편지

샤를빌, 1871년 4월 17일

선생님의 편지는 16일 어제 도착했습니다. 감사드립니다. — 부탁드렸던 것으로 말하자면, 제가 바보였지요! 알아야 할 것은 전혀 알지 못하고, 해야 할 것은 전혀 하지 않기로 작심했으니 저는 형벌에 처해졌습니다, 진작부터 영영토록. 오늘 만세, 내일 만세!

12일부터 저는 《아르덴의 진보》[1]에서 편지들을 뒤지고 있습니다. 오늘 이 신문이 정간되었어요, 정말로요. 그래도 당장은 어둠의 입[2]을 진정시켰어요.

그래요, 선생님은 행복하시죠, 선생님은요.[3] 제가 장담합니다. — 또 여자건 관념이건, **자애의 자매**를 만나지 못할 불쌍한 자들이 있다는 것도요.

1 1870년 11월 창간되었던 샤를빌의 공화파 신문. 보수파 신문 《아르덴 통신》에 대항하고자 했으나 불온성을 이유로 점령군에 의해 발행 중지되었다.
2 위고의 시 〈어둠의 입이 말한 것〉에서 따온 표현. 원래는 초자연적 존재의 전언을 가리켰던 것이나, 랭보는 입만 열만 욕이 나오는 그의 어머니를 비꼬아 이렇게 칭한다.
3 드므니는 1871년 3월에 결혼을 한 참이었다.

그 밖의 것에 관해서는, 오늘은 〈전도서〉 2장 12절의 다음 시절들에 가슴 사무쳐보실 것을 권하고 싶습니다. 지혜로운 만큼이나 낭만적이에요, "영혼에 일곱 겹 광기를 지닌 자, 햇빛에 제 옷가지를 내다 걸었으니 비가 오는 때에 신음하리라."[4] 하지만 지혜 따위, 1830년 따위야.[5] 파리 얘기를 합시다.

르메르 출판사에서 몇몇 신간을 봤습니다. 르콩트 드 릴의 시집 두 권, 《파리의 제전》, 《전투의 저녁》. — F. 코페의 《어느 브르타뉴 유격대원의 편지》. — 망데스, 《어느 의용병의 분노》. — A. 퇴리에, 《침공》. A. 라코사드, 《승리자들에게 화 있을진저》. — 펠릭스 프랑크, 에밀 베르즈라의 시들. — 클라르시의 두툼한 책이죠, 《파리 포위》.

저는 거기에서 《붉은 철 : 신징벌시편》을 읽었어요. 글라티니가 쓰고, 바크리에게 헌정되었지요. 아마 파리와 브뤼셀의 라크루아에서 판매 중일 거예요.

예술서적 사에서 — 저는 베르메르슈[6]의 주소를 알아보러 간 참이었는데 — 선생님 소식을 묻더군요. 전 그때 선생님이 아브빌에 있는 줄 알았습니다.

모든 서점에 각각의 《포위전》과, 각각의 《포위전 신문》이 있다는 것(사시의 《포위전》은 14쇄를 냈지요), 포위전과 관련된 사진이며 데생이 지겹도록 넘쳐흐르는 광경을 보았다는 것을 —

---

4 이런 구절은 성서 어디에도 없다.
5 1830년은 위고의 희곡 《에르나니》 초연을 기하여 프랑스에서 낭만주의가 전성기에 들어선 해다.
6 Eugène Vermersch, 1845~1878. 언론인으로 파리코뮌이 진압된 뒤 영국으로 망명했으며, 후일 랭보와 베를렌이 교제하게 될 런던의 망명객들 중 한 명이다.

의심치 않으시겠지요. 사람들은 A. 마리의 판화 〈보복자들〉, 〈죽음의 추수꾼들〉에, 특히 드라네나 포스탱의 코믹한 데생들에 멈춰 서곤 했습니다. — 극작품으로 말하자면, 역겹도록 피폐했고요. — 오늘의 물건이랄 만한 것은 《행동 강령》, 그리고 《민중의 외침》[7]에 실린 발레스와 베르메르슈의 기막힌 환상곡들이었어요.

이상의 것이 — 2월 25일부터 3월 10일까지 — 문학이었습니다. 아닌 게 아니라, 새로운 얘기라곤 전혀 알려드린 게 없을지도 모르겠네요.

그 경우, 폭우의 창에 얼굴을 내밉시다,[8] 영혼은 고대의 지혜에 맡기고요.

또한 벨기에 문학이 그 겨드랑이 밑에 우리를 보듬어가기를 바라며.[9]

안녕히 계세요.

A. 랭보

7 《행동 강령》과 《민중의 외침》은 모두 파리코뮌 때 발행된 코뮌파 신문이다.
8 장대처럼 내리는 비를 뜻하는 관용구 '비가 미늘창처럼 쏟아진다'를 변조하여 만든 '폭우의 창'이라는 표현은 베를렌의 《토성인 시집》(1866)에 수록된 〈밤 풍경〉에서 쓰인 바 있다.
9 프랑스에서 출간되지 못하는 책들이 벨기에를 통해 유통되는 경우가 많았음을 고려하면, 편지에서 개괄된 프랑스 문학의 피폐한 상황을 비꼬는 말로 짐작된다.

Charleville, mai 1871

Cher Monsieur !

Vous revoilà professeur. On se doit à
la Société, m'avez-vous dit ; vous faites
partie des corps enseignants : vous roulez
dans la bonne ornière. — Moi aussi, je
suis le principe : je me fais cyniquement
entretenir ; je déterre d'anciens imbéciles
de collège : tout ce que je puis inventer de
bête, de sale, de mauvais, en action et en
paroles, je le leur livre : on me paie en
bocks et en filles. — Stat mater dolorosa, dum
pendet filius — Je me dois à la Société,
c'est juste, — et j'ai raison. — Vous aussi,
vous avez raison, pour aujourd'hui. Au fond,
vous ne voyez en votre principe que poésie
subjective : votre obstination à regagner le
râtelier universitaire, — pardon ! — le prouve !
Mais vous finirez toujours comme un satisfait
qui n'a rien fait, n'ayant rien voulu faire.
Sans compter que votre poésie subjective sera
toujours horriblement fadasse. Un jour, j'espère
— bien d'autres espèrent la même chose, — je verrai
dans votre principe la poésie objective, je la verrai

1871년 5월 13일 조르주 이장바르에게 보낸 편지 원본.

54

조르주 이장바르에게
보낸 편지

샤를빌, 1871년 5월 [13일]

친애하는 선생님!

다시 교사가 되셨군요. 사람은 **사회**에 빚지고 있다고 제게 말씀
하셨지요. 교직에 몸담고 계신 선생님은 착실하게 궤도를 따라
달리시는 거고요. — 저도, 나름대로 그 원칙을 따릅니다. 파렴치
하게 **얹혀 지내고** 있거든요. 학교에서 보던 얼간이들을 발굴해서,
행동으로든 말로든 멍청하고 더럽고 나쁜 온갖 것을 지어내어
제공하면, 그들은 저한테 맥주나 포도주 잔술로 지불하는 거지
요. — 스타바트 마테르 돌로로사, 둠 펜데트 필리우스.[1] — 저는
사회에 빚을 지고 있습니다, 정당한 말입니다. — 그리고 저는 옳
습니다. 선생님 역시, 오늘은 옳습니다. 사실상 선생님은 선생님
의 원칙에서 주관적인 시만 보시는데, 대학의 쇠꼴 시렁으로 돌

---

1 "아들이 매달려 있을 때에, 어머니는 고통에 차 섰는지라Stabat mater dolorosa, dum
 pendet filius". 교회에서 쓰이는 전례 구문으로, 십자가에 못 박힌 예수와 마리아에 대
 한 구절이다.

plus sincèrement que vous ne le feriez! — Je serai un travailleur: c'est l'idée qui me retient, quand les colères folles me poussent vers la bataille de Paris — où tant de travailleurs meurent pourtant encore tandis que je vous écris! Travailler maintenant, jamais, jamais; je suis en grève.

Maintenant je m'encrapule le plus possible. Pourquoi? je veux être poète, et je travaille à me rendre voyant: vous ne comprendrez pas du tout, et je ne saurais presque vous expliquer. Il s'agit d'arriver à l'inconnu par le dérèglement de tous les sens. Les souffrances sont énormes, mais il faut être fort, être né poète, et je me suis reconnu poète. Ce n'est pas du tout ma faute. C'est faux de dire: Je pense: on devrait dire: On me pense. — Pardon du jeu de mots. —

Je est un autre. Tant pis pour le bois qui se trouve violon, et nargue aux inconscients, qui ergotent sur ce qu'ils ignorent tout à fait!

Vous n'êtes pas Enseignant pour moi. Je vous donne ceci: est-ce de la satire, comme vous diriez? Est-ce de la poésie? C'est de la fantaisie, toujours. — Mais, je vous en supplie, ne soulignez ni du crayon, ni trop de la pensée.

1871년 5월 13일 조르주 이장바르에게 보낸 편지 원본.

아가야겠다는 선생님의 고집이 — 죄송합니다! — 그것을 증명하지요! 하지만 언제고 선생님께선, 아무것도 하지 않았으면서 아무것도 하려고 하지 않았기에 흡족한 치들처럼 되고 말 겁니다. 선생님의 주관적인 시가 매양 끔찍하게 밍밍하리라는 것은 차치하더라도요. 바라건대 저는 — 다른 많은 이들도 같은 것을 바라는데 — 어느 날엔가는 그 원칙에서 객관적인 시를 볼 것이며, 선생님보다 더 충실하게 그걸 볼 겁니다! — 저는 노동자가될 것입니다. 이 생각이 저를 붙듭니다. 선생님께 편지를 쓰는 지금도, 그토록 많은 노동자들이 죽어가는 파리의 전장[2]을 향해 미친 듯한 분노가 제 등을 떠밀고 있는데도요! 지금 일을 한다, 절대, 절대 안 됩니다. 저는 파업 중입니다.

지금으로선, 제 자신을 최대한 천하게 만들고 있습니다. 왜냐고요? 저는 시인이 되고 싶으니까요, 그러니 제 자신을 **투시자**로 만드는 일을 하는 것입니다. 선생님은 결코 이해하지 못하실 거고, 저도 좀처럼 선생님께 설명드릴 수가 없을 것 같네요. **모든 감각**의 착란을 통해 미지에 도달해야 합니다. 고통은 어마어마하지만, 강해져야 하고, 시인으로 태어나야 합니다. 그리고 저는 스스로를 시인으로 인식했습니다. 그건 제 잘못이 아니에요. "나는 생각한다"라고 말하는 것은 틀렸어요. "내가 생각된다"라고 말해야 할 텐데요. — 말장난을 해서 죄송합니다. —

나라는 것은 하나의 타자입니다. 나무가 바이올린이 되어 있

---

2 3월 18일에 수립된 파리코뮌 자치 정부는 수도를 장악하고 혁명적 정책들을 실시해 나가는 한편, 프로이센의 지원을 받는 베르사유 정부군의 파리 폭격 및 함락 시도에 저항하고 있었다.

다고 한들 어쩌겠어요, 자각 없는 자들 따위, 자기네들이 전혀 모르는 것에 대해 궁시렁대는 치들 따위 알 게 뭡니까!

제게 선생님은 **교사**가 아닙니다. 다음의 글을 선생님께 드립니다. 이건 풍자일까요, 선생님이 말씀하실 것처럼? 이건 시일까요? 하여간, 이것은 환상곡입니다. — 하지만 부탁드립니다, 밑줄을 긋지 말아주세요. 연필로도, 너무 많은 생각으로도요.

처형당한 마음

처량한 내 마음 뱃고물에서 침 흘리네…
내 마음 살담배로 범벅이 되었네!
그들은 거기 수프 토사물을 뿜어대고,
처량한 내 마음 뱃고물에서 침 흘리네…
대대적인 웃음을 뿜어대는
병졸들의 농지거리 아래,
처량한 내 마음 뱃고물에서 침 흘리네,
내 마음 살담배로 범벅이 되었네!

발기한 남근 같고 졸개스러운
그들의 모욕이 내 마음을 타락시켰네.
일과 후 그들이 그리는 벽화는
발기한 남근 같고 졸개스럽네.
오 수리수리마수리한 물결들이여,
내 마음을 가져가라, 구원을 받게!
발기한 남근 같고 졸개스러운
그들의 모욕이 내 마음을 타락시켰네!

저들의 씹는담배가 동나고 나면,
어떻게 할 것인가, 도둑맞은 마음이여?
이어지는 것은 바쿠스판 후렴구일 터,

Le Cœur supplicié.

Mon triste cœur bave à la poupe....
Mon cœur est plein de caporal !
Ils y lancent des jets de soupe,
Mon triste cœur bave à la poupe...
Sous les quolibets de la troupe
Qui lance un rire général,
Mon triste cœur bave à la poupe,
Mon cœur est plein de caporal !

Ithyphalliques et pioupiesques
Leurs insultes l'ont dépravé ;
A la vesprée, ils font des fresques
Ithyphalliques et pioupiesques ;
Ô flots abracadabrantesques,
Prenez mon cœur, qu'il soit sauvé !
Ithyphalliques et pioupiesques
Leurs insultes l'ont dépravé !

Quand ils auront tari leurs chiques,
Comment agir, ô cœur volé ?
Ce seront des refrains bachiques
Quand ils auront tari leurs chiques !
J'aurai des sursauts stomachiques
Si mon cœur triste est ravalé !
Quand ils auront tari leurs chiques
Comment agir, ô cœur volé ?

Ça ne veut pas rien dire. — Répondez-moi : chez
M. Deverrière, pour A.R..
    Bonjour de cœur,   Ar. Rimbaud

1871년 5월 13일 조르주 이장바르에게 보낸 편지 원본.

저들의 씹는담배가 동나고 나면!
내 위장은 소스라쳐 펄쩍 뛰겠지,
처량한 내 마음을 눌러 삼키면!
저들의 씹는담배가 동나고 나면,
어떻게 할 것인가, 도둑맞은 마음이여?

이 글에 아무 의미도 없는 건 아니에요. ― **답장해주세요.** 드브
리에르씨 댁, 아르튀르 랭보 앞으로요.
마음으로 인사를 드립니다,

A. 랭보

J'ai résolu de vous
donner une heure de littérature nouvelle;
je commence de suite par un psaume d'actualité.

Chant de guerre Parisien

Le Printemps est évident, car
Du cœur des Propriétés vertes,
Le vol de Thiers et de Picard
Tient ses splendeurs grandes ouvertes!

Ô mai! quels délirants culs-nus!
Sèvres, Meudon, Bagneux, Asnières,
Écoutez donc les bienvenus
Semer les choses printanières!

Ils ont schako, sabre et tam-tam,
Non la vieille boîte à bougies
Et des yoles qui n'ont jam, jam...
Fendent le lac aux eaux rougies!

Plus que jamais nous bambochons
Quand arrivent sur nos tanières
Crouler les jaunes cabochons
Dans des aubes particulières!

Thiers et Picard sont des Éros,
Des enleveurs d'héliotropes,
Au pétrole ils font des Corots:
Voici hannetonner leurs tropes...

Ils sont familiers du Grand Truc!...
Et couché dans les glaïeuls, Favre
Fait son cillement aqueduc,
Et ses reniflements à poivre!

La Grand'ville a le pavé chaud,
Malgré vos douches de pétrole,
Et décidément, il nous faut
Vous secouer dans votre rôle...

Et les Ruraux qui se prélassent
Dans de longs accroupissements,
Entendront des rameaux qui cassent
Parmi les rouges froissements!

A. Rimbaud

(note marginale gauche) grand remuement sur xx
nos fourmilières.

(note marginale droite) Que les rimes! ô! quelles rimes!

1871년 5월 15일 폴 드므니에게 보낸 편지 원본.

폴 드므니에게
보낸 편지

샤를빌, 1871년 5월 15일

선생님께 새로운 문학을 한 시간어치 내어드리기로 했습니다. 시
사적인 성시 한 곡으로 즉시 시작합니다.

파리 전가

정녕 **봄**이로구나, 왜인고 하니
파릇한 **부동산**들 심장부로부터
티에르와 피카르의 비행[1]이

---

1 티에르는 임시정부의 대통령으로 선출된 뒤 프로이센과 강화조약을 체결했고, 이후
그에 반발한 파리 시민들이 수도를 장악하자 베르사유로 물러나 파리코뮌 진압을 주
도했다. 피카르는 내무부 장관이다. '비행 vol'은 동음이의어로, 알자스 로렌 지방을
프로이센에 팔아넘긴 '도둑질'인 동시에 정부군이 파리를 향해 날려 보내는 포탄들
의 '비상'을 뜻한다.

그 찬란함을 활짝 펼쳐 보이기 때문!

오 **오월**이여! 이 무슨 정신 나간 엉덩짝들인가!
세브르, 뫼동, 바뇌, 아니에르,[2]
자, 환영받는 손님들이 봄날의 것들
씨 뿌리는 소릴 들어보시라!

군모와 칼, 둥둥 북을 가졌고,
오래된 촛불 상자 같은 건 놈들에게 없구나.
한 번도 한 번도… 뜬 적 없는 보트들이
붉게 물든 물의 호수를 가르는구나!

우리는 전에 없이 흥청댄단다
야릇한 새벽
우리의 소굴 위로
황색 둥근 돌들이 무너질 때면!

티에르와 피카르야말로 에로스들,[3]
헬리오트로프 강탈자,
석유로 코로풍 그림을 그려대고,
풍뎅이 떼마냥 입방아를 놀려댄다…

---

2   파리 서쪽의 부유한 교외 소도시들.
3   '에로스들 des Eros'은 '쓸모없는 놈들 des Zéros'과 발음이 같다.

놈들은 **대단한 술책**을 익히 안다!…

그러니 파브르[4]는 글라디올러스 꽃밭에 누워

끔벅이는 눈으로 물줄기를,

후춧가루로 훌쩍임을 만들어내는 것!

너희들이 석유를 퍼부어도

위대한 도시의 포석은 뜨거울 뿐,

정말이지, 네놈들 역할을 제대로 하게

우리가 너희를 좀 흔들어줘야겠구나…

그러니 오랜 웅크림 속에

늘어져 있는 저 **시골뜨기들**은

구겨지는 붉은색들 가운데

잔가지 꺾여나가는 소리를 듣게 되리라!

A. 랭보

---

4 외무부 장관. 비스마르크와 협상을 할 때 보인 눈물이 악어의 눈물로 희화화되곤 했다.

— 다음은 시의 미래에 대한 산문입니다. —

모든 고대시는 그리스 시, 조화로운 삶으로 귀결됩니다. — 그리스에서부터 낭만주의 운동까지 — 중세랄까요, — 글쟁이들, 작시가들이 있습니다. 에니우스부터 테롤뒤스, 테롤뒤스부터 카지미르 들라비뉴에 이르기까지,[5] 모든 것은 운을 맞춘 산문이요 한낱 놀이였으니, 셀 수 없이 많은 멍청한 세대들의 무기력이자 자랑거리였습니다. 라신은 그 골수이자 강자요, 거물입니다. — 각운을 흩어버리고 반구를 뒤섞어 놓으면, 이 **신성한 바보**는 처음으로 기원론을 쓴 아무개 작가만큼이나 알려지지 않았을 것입니다. — 라신 이후, 그 놀이에는 곰팡이가 슬었습니다. 그게 2천 년이나 계속되었다니!

농담도, 역설도 아닙니다. 이 점에 대해 이성은, 여느 청년 프랑스파[6]가 품었을 분노보다 더한 확신을 내게 불어넣어 줍니다. 더군다나, 선조들을 증오하는 건 **새로운 자들**의 자유! 이제 판은 그들의 것이고, 그들에겐 시간도 있으니까요.

낭만주의는 제대로 평가받은 적이 없습니다. 누가 그걸 평가했겠습니까? 설마 비평가들이!! 노래가 작품이기란, 즉 노래꾼에 의해 노래되는 동시에 **이해되는** 사상이기란 좀처럼 드물다는 것을 그렇게나 잘 보여주는 낭만주의 작가들이?

그도 그럴 것이 나는 하나의 타자니까요. 구리가 나팔로 깨어

---

5 에니우스는 《연대기》의 저자이며 라틴문학의 아버지로 여겨진다. 테롤뒤스(투롤두스)는 중세 무훈가 《롤랑의 노래》의 저자로 여겨졌다. 카지미르 들라비뉴는 19세기 시인이자 극작가로, 나폴레옹 몰락 이후 애국주의적 작품으로 명성을 누렸다.

6 1830년대를 전후한 낭만주의 시기에 자유분방한 보헤미안 생활로 부르주아 사회에 반발하던 젊은 그룹. 테오필 고티에, 제라르 드 네르발 등의 문인이 여기 속했다.

난다면, 거기에 구리의 잘못은 없습니다. 제게는 이게 명백합니다. 나는 내 사상의 개화에 참관합니다, 그것을 바라보고 그것을 듣습니다, 내가 악궁을 한 번 퉁기면, **교향곡**이 저 깊은 곳에서 술렁이거나, 펄쩍 무대 위로 올라옵니다.

늙은 멍청이들이 나라는 것에서 줄곧 잘못된 의미만 찾아내지 않았더라면, 무한히 먼 옛날부터 소리 높여 저자임을 자처하면서 외눈박이 지성의 산물을 쌓아 올린 저 수백만의 해골들을 우리가 쓸어낼 필요도 없었을 겁니다!

그리스에서는, 말씀드렸듯이 운문과 리라가 **행동에 리듬을 부여합니다**. 그 이후로 음악과 각운은 놀이요, 오락입니다. 저 과거를 연구하는 일은 호기심 많은 이들을 매혹시키고, 몇몇 이들은 그 골동품들을 되살리며 즐거워합니다만 — 그거야 자기네들을 위한 거죠. 보편 지성은 언제나 그 사상들을 방출했지요, 당연히. 인간은 이 두뇌의 결실 중 일부를 수확하곤 했습니다. 그것으로 행동하고, 그것으로 책을 쓰기도 했습니다. 일이 그렇게 진행되어 온 겁니다. 인간이 스스로를 일구지 않았고, 아직 깨어나지 않았기 때문, 아니 차라리 아직 위대한 꿈의 충일함 속에 들어서지 못했기 때문입니다. 관리들이요 글쟁이들일 뿐, 저자, 창조자, 시인, 이러한 인간은 이제껏 존재한 적이 없습니다!

시인이 되기를 원하는 사람의 첫 번째 연구는 자기 자신에 대한 전적인 인식입니다. 그는 제 영혼을 탐색하고, 검사하고, 시험하고, 깨우칩니다. 그것을 알게 된 다음에는, 그것을 경작해야 합니다. 이게 겉보기론 간단합니다. 어떤 두뇌든 자연스러운 발달이 이루어진다는 거죠. 그러니 그토록 많은 **에고이스트**들이 저자를 자칭하며, 또 허다하게 많은 이들이 그들의 지적 진보를 자기 공으로 여기는 겁니다! — 하지만 제 말은 영혼을 괴물스럽게 만들어야 한다는 겁니다. 콤프라치코스[7]를 전범으로 삼는다고나 할까요! 얼굴에 사마귀를 심어놓고 그것을 경작하는 사람을 상상해보십시오.

제 말은, **투시자**여야 하며, **투시자**가 되어야 한다는 겁니다.

시인은 **모든** 감각의 길고, 거대하며, 조리 있는 **착란**을 통해 **투시자**가 됩니다. 온갖 형식의 사랑, 고통, 광기, 그는 자기 자신을 탐색하고, 자기 안에서 온갖 독을 길어내어, 거기서 정수만을 간직합니다. 모든 믿음을, 모든 초인적 힘을 동원해야 할, 이루 말할 수 없는 고문이지요, 거기에서 그는 누구보다도 위대한 환자, 위대한 범죄자, 위대한 저주받은 자, — 또한 지고의 **학자**가 됩니다! — 그는 **미지**에 도달하니까요! 그는 제 영혼을, 이미 풍요로운 그것을 누구보다 더 많이 경작했기 때문입니다! 그가 미지에 도달하고, 그때 미치다시피 되어, 자기가 본 비전들에 대한 앎을 상실하기에 이를 때, 그는 그것들을 본 겁니다! 그가 들은 바 없고 이름할 수도 없는 것들로 도약하다 고꾸라지기를. 또 다른 무시무시한 일꾼들이 올 것이고, 그들은 다른 이가 넘어졌던 지평에서부터 시작할 것입니다!

—6분 후 계속 —

---

[7] 위고가 소설 《웃는 남자》(1869)에서 만들어낸 단어로, 아이들을 사들여 신체에 기괴한 변형을 가한 뒤 되파는 인신매매꾼들을 가리킨다.

여기에 두 번째 성가를 **논외로** 삽입합니다. 호의적으로 귀 기울여주시길. — 그러면 모든 이가 매료될 겁니다. — 악궁을 들고, 시작합니다.

나의 작은 애인들

누액 같은 증류수가
　　배춧빛 녹색 하늘을 씻는다.
침 흘리며 움 돋는 나무 아래,
　　그대들의 고무장화

동그란 눈물방울마다 맺히는
　　야릇한 달들로 하얗다,
깡충 무릎을 부딪쳐보아라
　　나의 못난이들아!

그 시절 우리는 서로 사랑했지,
　　파란 머리 못난이야!
우리는 먹어댔지, 반숙 계란이며
　　별봄맞이꽃을!

어느 저녁, 너는 날 시인으로 받들었지,
　　금발 머리 못난이야,
이리 내려오너라, 내 무릎 품에 안고
　　내리칠 수 있게.

네 포마드 냄새에 난 구역질을 했지,

검은 머리 못난이야,
날선 네 얼굴에 내 만돌린 줄이
끊어지겠구나.

엑! 말라붙은 내 침이 아직도,
갈색 머리 못난이야,
네 둥근 젖가슴 고랑에서
고약한 냄새를 풍긴다!

오 나의 작은 애인들아,
나는 너희가 어찌나 싫은지!
쓰라린 넝마쪽으로 동여매라,
너희들 못난 찌찌를!

발 굴러 내 감정의
해묵은 단지들을 짓찧어라,
—자, 엇차! 한순간이라도 나를 위해
발레리나들이 되어다오!…

그대들 견갑골이 탈구되는구나,
오 나의 사랑들아!
절룩대는 허리춤에 별 하나씩 달고
돌 만큼 돌아보려무나!

Ô mes petites amoureuses,
Que je vous hais!
Plaquez de fouffes douloureuses
Vos tétons laids!

Piétinez mes vieilles terrines
De sentiment;
— Hop donc! Soyez-moi ballerines
Pour un moment!..

Vos omoplates se déboîtent,
Ô mes amours!
Une étoile à vos reins qui boîtent,
Tournez vos tours!

Et c'est pourtant pour ces éclanches
Que j'ai rimé!
Je voudrais vous casser les hanches
D'avoir aimé!

Fade amas d'étoiles ratées,
Comblez les coins!
— Vous crèverez en Dieu, bâtées
D'ignobles soins!

Sous les lunes particulières
Aux pialats ronds,
Entrechoquez vos genouillères,
Mes laiderons!

                                    A.R.

Voilà. Et remarquez bien que, si je ne craignais
de vous faire débourser plus de 60c de port,
— moi pauvre effaré qui, depuis sept mois, n'ai
pas tenu un seul rond de bronze! — je vous
livrerais encore mes Amants de Paris, cent
hexamètres, Monsieur, et ma Mort de Paris, deux
cents hexamètres! ————
                                    Je reprends:

글쎄 이 앞다리들을 위해서
　　내가 운을 맞췄다니!
그 엉치를 깨뜨리고 싶구나,
　　내가 사랑했음에!

영 맹탕이다 망가진 별들
　　구석에나 처박혀라!
— 더러운 노고의 멍에를 진 너희,
　　신의 품에서 고꾸라지리니!

동그란 눈물방울마다 맺히는
　　야릇한 달들 아래,
깡충 무릎을 부딪쳐보아라,
　　내 못난이들아!

　　　　　　　　　　　　　　A. R.

Donc le poète est vraiment voleur de feu.

Il est chargé de l'humanité, des animaux même; il devra faire sentir, palper, écouter ses inventions; si ce qu'il rapporte de là-bas a forme, il donne forme: si c'est informe, il donne de l'informe. Trouver une langue;

— Du reste, toute parole étant idée, le temps d'un langage universel viendra! Il faut être académicien, — plus mort qu'un fossile, — pour parfaire un dictionnaire, de quelque langue que ce soit. Des faibles se mettraient à penser sur la première lettre de l'alphabet, qui pourraient vite ruer dans la folie! —

Cette langue sera de l'âme pour l'âme, résumant tout, parfums, sons, couleurs, de la pensée accrochant la pensée et tirant. Le poète définirait la quantité d'inconnu s'éveillant en son temps dans l'âme universelle: il donnerait plus — que la formule de sa pensée, que la notation de sa marche au Progrès! Énormité devenant norme, absorbée par tous, il serait vraiment un multiplicateur de progrès!

Cet avenir sera matérialiste, vous le voyez; — Toujours pleins du Nombre et de l'Harmonie, les poèmes seront faits pour rester. — Au fond, ce serait encore un peu la Poésie grecque.

L'art éternel aurait ses fonctions, comme les poètes sont citoyens. La Poésie ne rythmera plus l'action; elle sera en avant

1871년 5월 15일 폴 드므니에게 보낸 편지 원본.

이상입니다. 60상팀이 넘는 우편 요금을 선생님께 지불하게 한다는 걱정만 없다면, — 넋 나간 이 가련한 저는 7개월 전부터 구리 동전 한 닢 쥐어보지 못했습니다! — 제 100행짜리 12음절 시 〈파리의 연인들〉을, 또 제 200행짜리 12음절 시 〈파리의 죽음〉을 보내드릴 텐데요![8] — 계속하겠습니다.

그러므로 시인은 진정 불을 훔치는 자입니다.[9] 그는 인류를, 심지어 **동물들**까지 책임지고 있습니다. 그는 자신의 창안물들이 느껴지게, 만져지게, 들리게 해야 할 것입니다. 그가 **저편으로부터** 가져온 것에 형체가 있다면 형체를 부여하고, 형체가 없다면 형체 없음을 부여해야 합니다. 하나의 언어를 찾아낼 것.

— 더하여, 모든 말은 사상인 만큼, 보편적 언어의 시대가 올 것입니다! 그 언어가 어떤 것이든 간에, 그 사전을 하나 완성시키려면 학술원 학자가, — 화석보다 더 죽어 있는 자가 — 되어야 할 겁니다. 연약한 자들은 알파벳의 첫 글자에 대해 **생각하기** 시작할 테고, 금세 광기 속에서 뒷발질을 해댈 테지요! —

이 언어는 영혼을 위한 영혼의 언어, 냄새와 소리와 색채 그 모든 것을 압축하면서 사상을 낚아 끌어내는 사상일 것입니다. 시인은 자기 시대 보편의 영혼 속에서 깨어나는 미지의 양을 좌우할 것입니다. 공식화한 자기 사상보다 더한 것을, **진보를 향한 행진의** 기록 그 이상의 것을 그는 내놓을 것입니다! 어마어마한 것들이 모두에게 흡수되어 표준이 될 것이니, 시인은 진정 **진보의 증폭자**가 될 것입니다!

---

8 전해지는 랭보의 원고 중에 이러한 제목의 시는 없다.
9 프로메테우스에 대한 암시이다.

이 미래는 유물론적일 것입니다. 아시겠지요. — 언제나 **수**와 **조화**로 가득할 시들, 그런 시들이 만들어져 남을 것입니다. — 근본적으로 얼마간은 여전히 그리스 시겠지요. 영원한 예술은 기능을 가지게 될 겁니다, 시인들도 시민이니까요. **시**는 더 이상 행동에 리듬을 부여하지 않을 것입니다. 그것은 **앞장서 있을 것입니다.**

이러한 시인들이 나타날 것입니다! 여자의 끝없는 예속 상태가 분쇄될 때, 남자, 여태까지 가증스러웠던 그가 여자를 제자리로 돌려보내고, 여자가 스스로를 위해 스스로에 의해 살게 될 때 여자 역시, 시인이 될 것입니다! 여자는 미지를 발견할 것입니다! 그 사고들의 세계는 우리들의 것과 다를까요? — 여자는 이상한 것들, 불가사의한 것들, 역겨운 것들, 감미로운 것들을 발견할 것입니다! 우리는 그것들을 취하고, 그것들을 이해할 것입니다.

그러기를 기다리며, **시인들**에게 요구합시다, **새로운 것**을 — 사고들과 형태들을. 솜씨 좋은 자들이야 다들 이 요구를 재깍 만족시켰다고 생각하겠지요. — 그건 그런 게 아닙니다!

처음 몇몇 낭만주의 작가들은 제대로 깨닫지 못한 **투시자**였습니다. 그들의 영혼 경작은 우발적으로 시작되었습니다. 버려졌으나 아직 연료를 태우고 있기에 얼마간 레일 위를 달리는 기관차들이랄까요. — 라마르틴은 이따금씩 투시자지만 낡은 형식에 질식당한 자입니다. — 위고는 너무 **고집불통**인데, 그의 최근 책들에는 제법 투시가 있습니다. 《레 미제라블》은 진정한 **시**입니다. 《징벌시집》이 제 수중에 있는데, 그중 〈스텔라〉로 위고의 **시야**를 대충 가늠해볼 수 있습니다. 지나친 벨몽테와 라므네식 표현들, **여호와며 기둥들,**[10] 낡아 헐어빠진 거대함들이죠.

뮈세는 우리에게 있어 열네 배 가증스러운 자로, 비전들에 사로잡힌 고통스러운 세대인 우리를, 그의 천사 같은 게으름이 욕보였습니다! 오! 그 밍밍한 콩트들과 속담 희극들! 오 《밤들》이여! 오 《롤라》여, 오 《나무나》여, 오 《술잔》이여! 모든 게 프랑스적이에요. 극도로 고약하다는 뜻이죠. 프랑스적이고, 파리스럽지 않단 말입니다! 라블레와 볼테르에게, 텐 선생이 논평썩이나 한 장 라퐁텐[11]에게 영감을 불어넣은 저 추악한 재능이 만든 또 하나의 작품! 봄날이지요, 뮈세의 기지란! 매력적이기도 하지요, 그의 사랑이란! 이런 것이 바로 에나멜 그림, 굳은 시지요! **프랑스적** 시는 오랫동안 음미되겠지요, 프랑스에서는요. 모든 식료품 점원들이 롤라스러운 돈호법을 풀어 읊을 수 있고, **모든** 신학생들이 그 각운을 수첩 비밀스러운 곳에 오백 개씩 지니고 다닙니다. 열다섯 살에 이러한 격정의 충동으로 젊은이들은 발정이 나고, 열여섯 살에는 이미 그것들을 **마음**으로 낭송하며 뿌듯해하고, 열여덟 살, 심지어는 열일곱 살에, 능력이 되는 모든 학생들은 롤라 흉내를 내고, **롤라**를 하나씩 씁니다! 아마 요즘도 몇몇은 그걸로 죽을 겁니다. 뮈세는 아무것도 할 줄 몰랐습니다. 장막의 거즈 천 뒤로 보이는 비전들이 있었지만 그는 눈을 감았습니다. 프랑스적이고 질척거리는, 싸구려 술집에서 중학교 책상까지 질질

---

10 벨몽테 Louis Belmontet, 1798~1879는 아카데미풍의 신고전주의 시를 썼던 친제정파의 시인이며, 라므네 Félicité Robert de Lamennais, 1782~1854는 작가이자 정치가로 활동한 사제로서, 당시 진보적 기독교 세력을 대표했다. '여호와', '기둥들'은 위고의 종교적이고 거창한 수사를 꼬집는 표현들로 보인다.

11 비평가이자 문학사가인 텐 Hippolyte Taine, 1828~1893은 《라 퐁텐의 우화집 논설》로 아카데미상을 받았다. 랭보는 장 드 라 퐁텐의 귀족식 성을 평민식으로 변형시켜 썼다.

Musset est quatorze fois exécrable pour nous,
générations douloureuses et prises de visions,
— que sa paresse d'ange a insultées! Ô les contes
et les proverbes fadasses! ô les Nuits! ô Rolla,
ô Namouna, ô la Coupe! tout est français,
c'est-à-dire haïssable au suprême degré; français,
pas parisien! Encore une œuvre de cet odieux
génie qui a inspiré Rabelais, Voltaire, Jean Lafontaine,
commenté par M. Taine! Printanier, l'esprit de Musset!
Charmant, son amour! En voilà, de la peinture
à l'émail, de la poésie solide! On savourera longtemps
la poésie française, mais en France. Tout garçon
épicier est en mesure de débobiner une apostrophe
Rollaque, tout séminariste en porte les cinq cent
rimes dans le secret d'un carnet. À quinze ans,
ces élans de passion mettent les jeunes en rut; à
seize ans, ils se contentent déjà de les réciter avec
cœur; à dix-huit ans, à dix-sept même, tout
collégien qui a le moyen, fait le Rolla, écrit un
Rolla! Quelques-uns en meurent peut-être encore.
Musset n'a rien su faire: il y avait des visions
derrière la gaze des rideaux: il a fermé les yeux.
Français, panadif, traîné de l'estaminet au
pupitre de collège, le beau mort est mort, et,
désormais, ne nous donnons même plus la peine
de le réveiller par nos abominations!

Les seconds romantiques sont très voyants:
Th. Gautier, Lec. de Lisle, Th. de Banville. Mais

1871년 5월 15일 폴 드므니에게 보낸 편지 원본.

끌려다닌 저 훌륭한 주검은 죽었으니, 이후로 그를 다시 깨우는 수고는, 설사 혐오하는 마음에서라도, 더 이상 하지 맙시다!

제2의 낭만주의자들은 상당히 **투시자들**입니다, 테오필 고티에, 르콩트 드 릴, 테오도르 드 방빌. 하지만 보이지 않는 것을 검사하고 전대미문의 것을 듣는 일은 죽은 것들의 정신을 다시 취하는 것과는 다른 일이므로, 보들레르야말로 최초의 투시자이며, 시인들의 왕이요, **진정한 신**입니다. 하지만 그는 너무 예술가적인 환경에서 살았습니다. 그가 그토록 자부하는 형식이란 것도 옹색합니다. 미지의 창안물들은 새로운 형식들을 요구하니까요.

낡은 형식들로 닳아빠진 류 중, 순진한 녀석들을 꼽자면 아르망 르노가 제 딴의 롤라를, 레옹 그랑데가 또 제 딴의 롤라를 만들어냈지요. — 골족 인간들이자 뮈세 류들을 꼽자면, 라프네트르, 코랑, 포플랭, 술라리, 루이 살이 있고요. 풋내기 류로는 마르크, 에카르, 퇴리에가 있지요. 멍텅구리 산송장들로는 오트랑, 바르비에, 로랑 피샤, 르모아인, 데샹 형제, 데제사르 부자가 있고, 신문쟁이들로는 레옹 클라델, 로베르 뤼자르슈, 자비에 드 리카르, 환상파로는 망데스가 있고요. 보헤미안들, 여자들이 있고, 재능 있는 자로는 레옹 디에르크스, 쉴리프뤼돔, 코페가 있습니다. 새로운 유파, 소위 파르나스파에는 두 명의 투시자가 있으니, 알베르 메라와 진정한 시인 폴 베를렌입니다.[12] — 이상입니다. — 이렇게 저는 저를 **투시자**로 만드는 일을 하고 있습니다. — 이제 경건한 노래 한 곡으로 마칩시다.

12 베를렌 등 소수를 제외하면 지금은 잊힌 작가들이다. 대부분 1870년에 발간된 《현대 파르나스》에 시가 실린 시인들이다.

웅크림들

느지막이, 속이 뒤틀리는 것이 느껴질 때
밀로투스 수사는 천창을 힐끔
거기 닦은 솥처럼 환한 태양이
편두통을 찔러넣고 시선을 아찔하게 하니,
그는 이불 속에서 사제다운 제 배를 옮겨본다.

회색 모포 아래에서 바둥거리며
내려앉는다, 덜덜 떨리는 배에 무릎을 붙이고서,
제 몫을 먹으려는 늙은이처럼 넋이 나가 있다,
그도 그럴 것이, 흰 단지 손잡이를 움켜쥔 채로
셔츠를 허리까지 훌쩍 걷어 올려야 하니까!

그런 중에 그는 웅크렸다, 추운 듯이, 발가락을
오므리고, 종이창에 브리오슈 빛 노란색을
덧바르는 환한 햇빛에 덜덜 떨면서.
래커칠 반들거리는 이 인물의 코는
태양빛에 훌쩍인다, 육감적인 폴립처럼.

....

인물은 뭉근히 불에 익는다, 팔은 꼬이고, 두꺼운 아랫입술은
배에 늘어진 채로. 넓적다리가 불 속에 미끄러지고,

속바지가 갈색이 되고 파이프가 꺼지는 것이 느껴진다.
한 마리 새와도 같은 무엇인가가 그의 평온한 배에서
한 더미 창자처럼 살짝 버둥거린다!

주위에는, 멍청한 가구들이 한 무더기 잠들어 있다.
때 낀 넝마에 뒤덮여 더러운 배를 깔고서.
기도 의자, 그 이상한 두꺼비들은 컴컴한 구석에
웅크려 있고, 찬장들은 끔찍한 식욕으로 가득한 졸음에
헤벌어진 성가대원들의 아가리를 하고 있고.

역겨운 열기가 좁은 방을 목구멍까지 채우고,
인물의 뇌는 걸레로 채워진다.
축축한 피부에서 털이 돋아나는 소리를 듣다가 그는
이따금, 무척이나 심각하게 익살스러운 딸꾹 소리로
새어 나와, 절뚝거리는 기도 의자를 흔들어 깨운다…

…………………………………………………………………………

그리고 저녁이면, 엉덩이의 윤곽에 흘러 엉긴
빛 자국을 만들어주는 달빛 아래,
갖가지 세부를 갖춘 그림자 하나가
장밋빛 설경 위로 접시꽃인 양 웅크린다…
해괴하구나, 깊은 하늘에서 베누스를 좇는 코 하나.

답장 주시지 않으면 지독한 분이 되시는 겁니다. 서두르세요,
일주일 안으로 어쩌면 파리에 갈지도 모르거든요.

　　안녕히 계세요.

　　　　　　　　　　　　　　　　　　　　　　　　A. 랭보

폴 드므니에게
보낸 편지

샤를빌, 1871년 6월 10일
P. 드므니 씨에게

일곱 살의 시인들

그리고 **어머니**는, 숙제 책을 덮으며,
흡족하고 득의양양한 얼굴로 가버렸다,
푸른 눈동자 속, 울툭불툭한 이마 아래,
반감에 사로잡힌 아이의 영혼은 보지 못한 채.

하루 종일 그는 복종하느라 땀을 뺐다, 무척
영리하게. 그럼에도 시커먼 경련들, 어떤 표정들이
아이 속의 모진 위선을 증명하는 듯했다.
벽지에 곰팡이 핀 복도의 어둠 속을
그는 혀를 내밀고 지나면서, 두 주먹은
사타구니에, 감은 눈 속에선 점들을 보곤 했다.

문 하나가 저녁을 향해 열릴 때면, 저 위쪽,
지붕으로부터 드리워진 햇빛의 만 아래에서
난간에 기대어 헐떡이는 그가, 등불 빛에 보였다. 여름이면
특히, 기진맥진 멍청해져, 고집스럽게
변소의 냉기 속에 틀어박혔고,
거기서 생각에 잠기곤 했다, 조용히, 콧구멍을 내맡기고.
집 뒤꼍의 작은 정원이 대낮의 냄새를 씻어내고
겨울 저녁 달빛에 젖어들 때면
그는 담벼락 발치에 누워, 석회 점토에 파묻힌 채,
형상들을 보려고 어지러운 눈을 짓눌러대면서
담장의 옴 걸린 나무들이 우글대는 소리를 들었다.
불쌍하구나! 어울려 지내는 건 저 아이들뿐,
비실비실하고, 훵한 이마에 뺨 위에는 시들어가는 눈,
노랗고 진흙으로 시커매진 여윈 손가락을
똥냄새 나는 낡아빠진 옷 속에 숨긴 채
바보처럼 온순하게 얘기 나누는 아이들!
더러운 동정심에 빠진 그를 발견하고
어머니가 질겁하면, 아이의 깊은 다정함이
이 경악을 향해 뛰어들곤 했다.
좋은 일이었다. 어머니에겐 그 푸른 시선이 있었다, — 거짓말
하는 시선이!

일곱 살, 그는 황홀한 **자유**가 빛나는
광막한 황야의 삶에 대해 소설을 지어내곤 했다,

숲이여, 태양이여, 리오여, 사바나여! — 도움이 되었던 것은

그림 그려진 잡지들, 얼굴을 붉히며 그는 스페인 여자들

이탈리아 여자들이 웃는 것을 들여다보았던 것.

갈색 눈에 덜렁대는, 날염 옥양목 치마를 입은

옆집 노동자의 딸, — 여덟 살이었다 —

그 괄괄한 계집애가 올 때면, 그리고 구석진 곳에서

머리채를 흔들며 그의 등에 뛰어오르면

밑에 깔려 있는 틈에 그는 엉덩이를 물었다,

그 계집애는 속바지를 입는 법이 없었기 때문.

— 그러고는, 계집애의 주먹질과 발길질에 멍이 든 채,

그 살결의 맛을 자기 방으로 가져오는 것이었다.

그가 두려워했던 것은 12월의 창백한 일요일들,

포마드 발린 머리를 하고, 마호가니 원탁에서

배춧빛 녹색 절단면의 성경을 읽었고,

벽감 침실에서는 갖가지 꿈들이 밤마다 그를 내리눌렀다.

그는 신을 사랑하지 않았다, 사랑하는 것은 사람들, 황갈색 저녁이면

시커먼, 작업복 차림의 사람들이 변두리 지역으로 돌아오는 것을 보았고,

거기에선 관공서 알림꾼들이 북을 세 번 울려

포고문을 둘러싼 군중들을 웃고 투덜거리게 만들곤 했다.

— 그는 사랑의 초원을 꿈꾸었다, 빛으로 환한

큰 물결이, 건강한 향기가, 황금 솜털들이,

고요히 일렁이다가 날아오르는 곳을!

그리고 그는 무엇보다 어두운 것들의 맛을 즐겼으니,
덧창이 닫힌 휑뎅그렁한 방,
높고 푸르며 지독하게 습기 찬 그 방에서
자기 소설을 읽을 때에, 끊임없이 곱씹어진 그 소설은
황톳빛 무거운 하늘과 물에 잠긴 밀림,
항성의 숲에 펼쳐진 살의 꽃들로 그득하여,
현기증, 붕괴, 패주, 그리고 연민!
— 아래에선 한창 동네가 웅성거리는데 —
그는 홀로, 날 삼베 폭 위에 누워,
격렬하게 돛폭을 예감하였더라!

A. R.   1871년 5월 26일

———————————

교회의 빈민들

떡갈나무 장의자들 사이에 몰아넣어져, 자기네들 숨결로
데워져 악취 풍기는 교회당 구석에서, 눈은 죄다
금장식 번들번들한 성가대석, 경건한 성가를
주둥이질하는 스무 개 주둥이의 성가대를 향한 채,

빵 냄새인 양 양초 냄새를 들이마시며,
행복하게, 얻어맞은 개들처럼 욕스럽게,
빈민들은, 주인이며 나으리이신 선한 **신**에게
가소롭고도 고집스러운 기도를 내민다.

장의자를 반들대게 만든다는 게 여자들한테야 과연 좋은 일,
암흑의 엿새 동안 줄곧 신의 괴롭힘을 받았으니!
괴상한 털옷 속에 비틀려 담긴 채 죽자고 울어대는
모종의 아기 같은 것들을 그녀들은 흔들어 어른다.

때 낀 젖가슴을 꺼내놓은, 국물만 먹고 사는 이 여자들은
눈에 기도 같은 걸 담았으되 기도하는 일은 결코 없이
바라볼 뿐이다, 말괄량이 한 패거리가
찌그러진 모자를 쓰고 못되게 으스대는 것을.

밖으로는 추위, 배고픔, 곤드레가 된 사내.

Quand, dans la chambre nue aux persiennes closes,
Haute et bleue, âcrement prise d'humidité,
Il lisait son roman sans cesse médité,
Plein de lourds ciels ocreux et de forêts noyées,
De fleurs de chair aux bois sidéraux déployées,
Vertige, écroulements, déroutes et pitié!
— Tandis que se faisait la rumeur du quartier
En bas, — seul, et couché sur des pièces de toile
Écrue, et pressentant violemment la voile!

                              A. R.   26 Mai 1871

Les Pauvres à l'Église

Parqués entre des bancs de chêne, aux coins d'église
Qu'attiédit puamment leur souffle, tous leurs yeux
Vers le chœur ruisselant d'orrie et la maîtrise
Aux vingt gueules gueulant les cantiques pieux;

Comme un parfum de pain humant l'odeur de cire,
Heureux, humiliés comme des chiens battus,
Les Pauvres au bon Dieu, le patron et le sire,
Tendent leurs oremus risibles et têtus.

Aux femmes, c'est bien bon de faire des bancs lisses,
Après les six jours noirs où Dieu les fait souffrir!
Elles bercent, tordus dans d'étranges pelisses,
Des espèces d'enfants qui pleurent à mourir;

Leurs seins crasseux dehors, ces mangeuses de soupe,
Une prière aux yeux et ne priant jamais,
Regardent parader mauvaisement un groupe
De gamines avec leurs chapeaux déformés.

Dehors, le froid, la faim, l'homme en ribotte:
C'est bon. Encore une heure; après, les maux sans noms!

1871년 6월 10일 폴 드므니에게 보낸 편지 원본.

좋다. 아직 한 시간이 남았다. 그다음엔, 이름 없는 고통들!
— 그런가 하면 근처에는, 목주름 겹겹의 노파들 컬렉션
앓아대고, 코 먹은 소리를 내고, 속삭인다.

넋 나간 자들이 여기 있고, 또 어제 네거리에서
멀리 돌아 피해야 했던 저 간질병 환자들도 있고.
한 마리 개에 이끌려 안뜰로 들어와
해묵은 미사경본들 사이에서 코를 킁킁대는 저 맹인들도 있다.

그 모두가, 구걸하는 어리석은 신심을 흘리며
끝없는 한탄가를 예수에게 읊어대는데, 예수는
저 높은 곳에서 납빛 색유리창에 노랗게 물든 채 꿈을 꾼다,
못된 말라깽이들 심술궂은 배불뚝이들에서 멀리,

역겨운 몸짓들로 나자빠지는 음울한 익살극,
고기 냄새와 곰팡 핀 천 냄새에서 멀리 떨어진 채.
— 그리하여 기도문은 잘 골라낸 표현으로 꽃피고,
신비의 기운이 절박한 음조를 떠어갈 때에,

햇빛이 죽어가는 신랑에서는, 흔해빠진
비단 주름에 초록색 미소를 띤 동네의 품격 있는
부인님들, — 오 예수여! — 간이 병든 그 여자들이
노랗고 긴 손가락을 성수반에 접촉시킨다.

A. 랭보. 1871년

자, — 언짢아하지 마세요, — 다음은 괴이한 데생으로 그린 모티프입니다. 아기 큐피드들이 뛰노는가 하면 불꽃이며 초록색 꽃들, 젖은 새들이며 레프카다의 절벽[1] 등으로 치장한 마음들이 날아오르기도 하는, 저 영원무궁토록 감미로운 장식 컷들에 대한 안티테제랄까요… — 이 트리올레[2]도, 사실 나름대로는, 향해 갑니다

       그 영원무궁한 장식 컷들,
       그 감미로운 시구들을.[3]

자, 보십시오. — 언짢아하지 마세요! —

---

1 그리스의 시인 사포가 이루어지지 않은 사랑에 낙심하여 바다로 뛰어들었다고 여겨지는 곳.
2 시행의 반복이 특징인 정형시의 한 형식.
3 시 구절의 인용처럼 배치되어 있으나, 출전은 밝혀지지 않았다.

어릿광대의 마음

처량한 내 마음 뱃고물에서 침 흘리네,
내 마음 살담배로 범벅이 되었네.
그들은 거기 수프 토사물을 뿜어대고,
처량한 내 마음 뱃고물에서 침 흘리네.
대대적인 웃음을 내지르는
병졸들의 농지거리 아래,
처량한 내 마음 뱃고물에서 침 흘리네,
내 마음 살담배로 범벅이 되었네!

발기한 남근 같고 졸개스러운
그들의 모욕이 내 마음을 타락시켰네.
일과 후 그들이 그리는 벽화는
발기한 남근 같고 졸개스럽네.
오 수리수리마수리한 물결들이여,
내 마음을 가져가라, 구원을 받게.
발기한 남근 같고 졸개스러운
그들의 모욕이 내 마음을 타락시켰네!

저들의 씹는담배가 동나고 나면,
어떻게 할 것인가, 도둑맞은 마음이여?
이어지는 것은 바쿠스판 후렴구일 터,

저들의 씹는담배가 동나고 나면,
내 위장은 소스라쳐 펄쩍 뛰겠지,
처량한 내 마음을 눌러 삼키면,
저들의 씹는담배가 동나고 나면,
어떻게 할 것인가, 도둑맞은 마음이여?

A. R.
1871년 6월

이런 걸 저는 하고 있어요. — 세 가지 부탁을 드려야겠습니다. 태워주십시오, **제가 그러길 원하고** 또한 선생님께서 제 의향을 죽은 사람 의향처럼 존중해주시리라 믿습니다, **두에에 머물 때 제가 상당히 어리석게도 선생님께 드렸던 모든 시들을,** 태워주십시오. 가능하다면 그리고 내키신다면, 선생님의 《이삭 줍는 여인들》을 한 부 보내는 친절을 베풀어주십시오, 다시 읽어보고 싶지만 사볼 수가 없습니다. 어머니가 여섯 달 전부터 구리 동전 한 닢 제게 하사하는 일이 없거든요. — 딱하게 여겨주시길! — 마지막으로, 부디 답장해주시기 바랍니다. 무슨 말이든, 이 편지에도 저번 편지에도요.

좋은 날 되시기 바랍니다, 좋은 게 좋으니까요. 편지는 **가로수길 95번지 드베리에르 씨 댁, A. 랭보** 앞으로 주세요.

장 에카르[1]에게
보낸 편지

[샤를빌, 1871년 6월 20일]

넋 나간 아이들

장 에카르 씨에게

눈 속에 안개 속에 시커멓게,

불 들어오는 커다란 환기창에

　　엉덩이들 둥글게,

다섯 꼬마가 무릎을 꿇고 ─ 참담하여라!

바라다본다, **빵집 아저씨**가 굽는

　　묵직한 금빛 빵을.

1　Jean Aicard, 1848~1921. 시인, 극작가. 열아홉 살에 시집 《젊은 신념들》(1867)을
　내고 《현대 파르나스》에도 기고했다.

93

그들은 본다, 튼튼하고 하얀 팔이
회색 반죽을 치대더니, 그걸 환한 구멍 속
　　　화덕에 넣는구나.

그들은 듣는다, 맛좋은 **빵**이 구워지는 소리를.
빵집 아저씨는 기름진 미소를 띠고
　　　낡은 가락을 흥얼댄다.

그들은 쪼그린 채, 누구 하나 꼼짝 않는다,
벌건 환기창에서 불어오는
　　　젖가슴마냥 따뜻한 숨결 앞에서.

그리고, 금빛 브리오슈 가득할
어딘가의 자정 밤참을 위해
　　　빵이 꺼내질 때,

연기 배어든 들보 아래로,
향기 나는 빵 껍질과 귀뚜라미가
　　　노래할 때,

그 뜨거운 구멍이 삶의 숨결을 내뿜을 때,
넝마 아래 그들의 영혼은
　　　그토록 황홀해지고

과연 살아 있다는 게 그토록 실감이 나서,
서릿발에 온통 뒤덮인 가엾은 꼬마들은
　　　거기 있다, 하나같이,

작은 장밋빛 콧등들을
창살에 붙인 채, 구멍 사이로,
　　　뭔가를 말하는 것이다,

기도 같은 중얼거림을.
그리고 몸 굽혀 다시 열린 하늘의
　　　저 빛을 향하는데,

너무 격하게 굽혔구나, 바지가 찢어지고
그들의 하얀 속옷이 달달 떤다,
　　　겨울바람에.

1871년 6월 ── Arth. 랭보
샤를빌(아르덴), 마들렌 둑길 5의 2번지

저자께서 괜찮으시다면,《반란》한 부를 부탁드리겠습니다.[2]

A. R.

2　그해 발간된 에카르의 시집《반란과 평정》의 제목을 랭보는 이렇게 줄여 썼다.

조르주 이장바르에게
보낸 편지

샤를빌, 1871년 7월 12일

친애하는 선생님,

선생님께선 해수욕을 하시고, 배를 타러 가셨다고요… 러시아 귀족들은 너무 멀리 있어서 그들이 제안한 일은 하고 싶지 않으시다고요,[1] 저는 선생님이 부럽습니다, 이곳에서 질식당하는 저는요!

그 밖에, 저는 이루 말할 수 없이 지겹게 지내고 있어서 정말이지 종이에 적을 만한 게 아무것도 없네요.

그럼에도 선생님께 뭘 좀 부탁드리고 싶습니다. 막대한 빚이 ── 어느 서점에 진 것인데요 ── 저를 덮쳐왔는데, 제 주머니에는 구리 동전 한 푼 없습니다. 책을 되팔아야 합니다. 그런데 지난 9월에 ── 저를 위해 ── 딱딱해진 어머니 마음을 눅여보려고 와주셨을 때, 제가 권해드리는 대로 책을 몇 권 가져가신 것을 기억

---

[1] 이장바르는 상트페테르부르크의 어느 귀족에게서 들어온 가정교사 자리를 거절한 뒤 항구도시 셰르부르에 있는 중학교의 수사학 교사로 임용된 참이었다.

하실 겁니다, 대여섯 권이었나, 8월에 제가 선생님 보시라고 댁에 가져다놓았던 것이었죠.

자! 방빌의 《플로리즈》, 같은 저자의 《추방된 존재들》에 미련이 있으신가요? 거래하는 서점에 책을 좀 넘겨줘야 하는 저로서는 이 두 권을 다시 손에 넣을 수 있다면 참 좋을 것 같거든요. 집에 방빌의 다른 작품들이 있는데 선생님 책과 합치면 컬렉션이 구성될 테고, 컬렉션은 낱권들보다 훨씬 잘 팔리니까요.

《물뱀》을 가지고 계시지 않은가요? 제가 신상품인 척하고 내놓을 수 있을 텐데요! ―《페르시아의 밤들》에 미련이 있으신가요? 중고책 사이에 놓여 있어도 그런 제목이면 구미를 당길 수 있으니까요. ― 퐁마르탱의 그 책, 미련이 있으신가요? 여기엔 그런 산문을 사들일 문학꾼들이 존재하거든요. ―《이삭 줍는 여인들》에 미련이 있으신가요? 아르덴 지방의 중학생들이 그 창공들 속을 휘적대려고 3프랑을 지불할 수도 있을 겁니다. 이러한 컬렉션의 구매가 엄청난 이문을 가져다줄 수 있음을 저를 쫓아온 악어[2]한테 논증해 보일 수 있을 겁니다. 눈에 띄지 않는 제목들을 제가 번쩍번쩍하게 만들 거예요. 책임지고 이 벼룩시장 판에서 제 대담성을 발휘해서 상대를 눅여보겠습니다.

제가 진 빚 35프랑 25상팀으로 어머니가 저를 어떤 처지에 내몰 수 있을지 또 내몰려고 할지를 선생님께서 아신다면, 주저 없이 이 책들을 제게 넘겨주시겠지요! 책 꾸러미는 가로수길 95번지 드베리에르 선생님 댁으로 보내주세요, 드베리에르 선생님께

---

2 은어로 빚쟁이를 뜻한다.

는 미리 말해두었으니 기다리고 계실 거예요! 선생님께서 내실 운송비는 제가 갚아드릴 거고, 선생님에 대한 제 감사의 마음은 미어터질 겁니다!

혹시 교사용 서가에 두기 불편한 인쇄물이 있다면, 또 어디선가 그런 게 선생님 눈에 띈다면, 거추장스러워하실 것 없어요. 하지만 빨리요, 제발 부탁드립니다, 독촉이 심해요!

다정한 인사를 보내며, 미리 감사드립니다.

A. 랭보

P.S. 드베리에르 선생님 앞으로 보내신 선생님의 편지에서 선생님 책 상자들 문제로 걱정하시는 걸 봤어요. 드베리에르 선생님이 선생님 언질을 받는 대로 바로 보내드릴 겁니다.

악수를 건넵니다.

A. R.

테오도르 드 방빌에게
보낸 편지

테오도르 드 방빌 씨에게

꽃에 대해 시인에게 말해진 것

I

이렇듯, 매양, 황옥의 바다

출렁이는 검은 창공을 향해,[1]

백합들, 이 황홀의 관장기들이

그대의 밤에 작동하리라!

사고야자의 우리 시대,

식물들이 일꾼들인 이때에

---

1 낭만주의 시인 라마르틴Alphonse de Lamartine, 1790~1869의 유명한 시, 〈호수〉 첫 행
("이렇듯, 매양 새로운 물가를 향해 떠밀려")의 패러디이다.

백합은 그대의 종교적 **영창**[2] 속에서

푸른 혐오를 마시리라!

— 케르드렐 씨[3]의 백합,

천팔백삼십 년의 **소네트**,

카네이션, 맨드라미와 함께

가객에게 수여되는 백합![4]

백합! 백합! 그런 건 보이지도 않네!

그런데 그대의 **시구** 속에서는, 발걸음 얌전한

죄많은 여인들의 소매통같이

매양 그 순백의 꽃들이 떨고 있구나!

매양, **친애하는** 이여, 그대가 멱을 감을 때마다,

황금빛 겨드랑이의 그대 **셔츠**는

저 지저분한 물망초 위로 부는

아침 산들바람에 부풀어 오르니!

사랑이 그대의 세관에서 통과시키는 건

라일락들뿐, — 오 흔들그네로다!

또 있다면 숲제비꽃들뿐,

2 라틴어로 쓰인 교회 성가. 백합은 프랑스 왕가를, 푸른색은 천상을 상징한다.

3 랭보 시대에 활동했던 왕당파 정치인.

4 낭만주의 시대에 중세 음유시인들의 경연 전통을 계승하는 툴루즈 꽃 경연대회가
  창설되었고, 그 입상자들에게는 카네이션과 맨드라미가 수여되었다.

검은 님프들의 달콤한 가래침이로다!…

II

오 **시인들이여**, 그대들이 **장미**를,
월계수 가지와
퉁퉁 부은 1천 행 8음절 시구 위로
빨갛게 부풀어오른 **장미**를 가질지라도!

방빌이 그것으로, 핏빛
소용돌이치는 눈보라를 휘날려,
껄끄러운 독서에 생소한
넋 빠진 눈에 한 방 먹일지라도!

오 대단히 평온한 사진사들이여!
그대들의 숲과 그대들의 초원의
플로라는 다양하기가 거의
물병 마개 수준이로구나![5]

매양 프랑스적인 식물들,
퉁명스러운, 폐병을 앓는, 우스꽝스러운
그것들 사이를 땅딸보 개들의 배가
황혼 녘마다 평화롭게 항해하지.

---

5 오늘날이나 랭보 시대에나 물병 마개는 대개 고만고만하다.

매양, 푸른 **수련**이나 **해바라기**의

끔직한 데생을 앞세워

영성체 받는 소녀들을 위한

장밋빛 판화, 성스러운 주제들이 펼쳐지고!

아소카로 지은 **오드**는

논다니 창문의 시구에 죽을 맞춰대고,[6]

휘황찬란한 무거운 나비들이

데이지에 똥을 누네.

낡은 푸르름에 낡은 금실 테두리!

오 과자 식물들이여!

낡은 **살롱전**의 괴기스러운 꽃들이여!

— 방울뱀이 아니라 풍뎅이가 어울리는 꽃들,

눈물에 젖은 이 포동포동한 식물 아기들에게

그랑빌이 걸음마 줄을 매어주면

챙 모자를 쓴 심술궂은 별들이

갖가지 색깔로 젖을 먹였지![7]

---

6   수련, 해바라기, 아소카는 화려하고 이국적인 꽃들로, 특히 파르나스 시인들의 시에
    자주 나온다.
7   데생화가 그랑빌Jean-Jacques Grandville, 1803~1847은 특히 《꽃 인형들》, 《별님들》 등
    의 연작 화집으로 유명했는데, 거기에 각종 꽃들과 별이 아기, 여인 등의 차림새로 의
    인화되어 그려진다.

과연, 그대들 피리에서 흘러나오는 침은
값비싼 포도당인 셈이로구나!
— 묵은 모자 속 계란프라이 한 무더기,
백합, 아소카, 라일락이며 **장미**하고는!…

III

오 하얀 **사냥꾼**이여, 양말도 없이
판의 **목초지**를 가로질러 달리는가,
그대 몫의 식물학을 조금은
알 수 없는가, 알아야 하잖는가?

그대가 갖다붙이지나 않을까, 나는 그게 걱정이다
다갈색 **귀뚜라미**와 **가뢰**를,
푸른 라인강에 리오의 황금빛을,
요컨대, 노르웨이에 플로리다주를.

그런데, 친애하는 이여, **예술**은 이제 더 이상
— 진실로 말하건대 — 허용하지 않아,
놀라운 **유칼립투스**에
12음절 시구 보아 뱀들이 엉키는 것을.

자, 보게나!… 마치 우리들의 기아나에서조차
마호가니 나무가 쓰일 데라곤
거미원숭이들의 폭포나

넝쿨들의 무거운 착란밖에 없다는 듯이!

— 결론적으로, **로즈메리**든

백합이든, 살아 있건 죽었건, **꽃**이

바닷새 똥만큼의 가치는 될까?

한 방울 양초의 눈물만큼이라도 될까?

— 그래 나는 하고 싶은 말을 했을 뿐!

그대는, 거기, 대나무 오두막집에서조차

그저 앉아서는, — 덧창을 닫고,

갈색 페르시아 사라사로 장막을 치고, —

비범하기도 한 우아즈강에 어울릴

꽃 넝마전을 얼렁뚱땅 차려내겠지!…

— **시인이여**! 그런 구실들이란

오만한 만큼이나 가소로워!…

IV

말하라, 무시무시한 반란으로 검게 탄

봄철의 팜파스가 아니라,

담배를, 목화를!

말하라 이국의 수확물들을!

말하라, 포이보스가 볶아댄 하얀 이마여,

아바나의 페드로 벨라스케스가
연금을 몇 달러나 받는지,
백조들이 수천 마리씩 날아가는

소렌토의 바다에는 똥이나 싸라!
그대의 시는 한 절 한 절 광고가 되어야 하리
물뱀들과 파도에 파헤쳐진
맹그로브 나뭇더미를 위해!

그대의 4행시는 피 젖은 숲에 잠겨든 뒤
다시 돌아와 **인간들**에게
백설탕이며 기관지약이며
고무며 다양한 주제들을 제시하지!

그대를 통해 알아보자꾸나, **적도** 근처,
눈 덮인 **산정**의 황금빛이
알 까는 벌레들 때문인지
현미경적인 이끼들 때문인지!

찾아라, 오 **사냥꾼**이여, 우린 원한다,
자연이 바지로 피워낼
향기로운 꼭두서니 같은 것을!
　　—우리의 **군대**를 위해서지!⁸

8　프랑스 보병대의 붉은색 바지는 꼭두서니에서 추출한 염료로 염색되었다.

찾아라, 잠자는 **숲** 근처
물소의 검은 머리털 위로
황금빛 포마드를 흘려대는
콧방울 같은 꽃들을!

찾아라, 실성한 초원 그 **파랑** 위
은빛 솜털이 몸을 떠는 곳에서
불의 **알**들로 가득 찬 **꽃받침들**,
향유 속에 구워진다!

찾아라 목화 **엉겅퀴**를,
잉걸불 같은 눈의 당나귀 열 마리가
그 솜뭉치에서 실 뽑는 노동을 할지니!
찾아라 의자가 될 **꽃들**을!

그래, 검은 광맥의 심장부에서 찾아라
거의 돌 같은 꽃들을, ─ 유명하지 않은가! ─
딱딱한 황금 씨방 근처에
보석 같은 편도를 품고 있을 텐데!

오 **익살꾼**이여, 그대는 할 수 있잖은가,
으리으리한 은도금 쟁반에
백합 시럽 스튜 요리를 차려내어
우리의 알페니드 숟가락을 물어뜯는 거다!

V

혹자는 위대한 **사랑**을 말하리,

음울한 면죄부를 훔친 도둑은.

하지만 르낭도 무르 고양이도

어마어마한 **푸른 바쿠스 지팡이**는 보지 못했네!⁹

그대 시인이여, 우리의 무기력 속에

갖가지 향기로 히스테리를 뛰놀게 하라,

마리아들보다 더 순진무구한

순진무구로 우리를 앙양하라…

상인이여! 식민자여! 영매여!

장밋빛이건 흰빛이건, 그대 **각운**은

나트륨 불빛처럼,

흘러나오는 고무액처럼 솟아야 할지니!

그대의 검은 **시들**에서 — **어릿광대여!**

흰빛, 초록빛, 붉은 굴절광으로

기이한 전기 꽃들이며

전기 나비들이 새어 나올지니!

---

9 기독교 관련 암시가 《예수의 생애》(1863)의 저자 르낭Ernest Renan, 1823~1892 의 이름으로 이어진다. 무르 고양이는 독일 낭만주의 작가 호프만의 소설에 나오는 상상의 동물이다.

그래! 지금은 지옥의 세기!

그러므로 전신주들, — 철의 노래를 연주하는

리라가 되어 장식하리라,

그대의 수려한 견갑골을!

특히, 감자의 병에 관한

설명에 운을 맞춰라!

— 또한, 신비로 가득한 시를

짓기 위해서라면

트레기에에서부터

파라마리보까지 읽어야 할지니,

피기에 선생의 **전집**을 살 것이니라,

— 삽화판으로! — 아셰트 선생 출판사에서! [10]

알시드 바바

A. R.

1871년 7월 14일

10 트레기에는 르낭이 살던 대서양 연안의 도시, 파라마리보는 네덜란드령 기아나의
    수도이다. 피기에Louis Figuier, 1819~1894는 아셰트 사에서 출판된 《식물의 역사》
    (1865)로 유명한 작가이다.

친애하는 스승이신 선생님께,

1870년 6월 시골에서 온, 〈나는 한 여신을 믿습니다〉라는 제목의, 100행인가 150행짜리 신화적 12음절 시를 받으셨던 것을 기억하십니까? 선생님은 답장을 주실 정도로 친절하셨지요!

위의 시를 선생님께 보내는 것도 같은 멍청이입니다, 알시드 바바라고 서명했지만요. — 양해바랍니다.

저는 열여덟 살입니다. — 저는 언제까지나 방빌의 시를 좋아할 것입니다.

작년에 저는 열일곱밖에 되지 않았었지요![11]

제가 발전했나요?

알시드 바바
A. R.

제 주소입니다.

샤를빌, 메지에르 대로
샤를 브르타뉴 씨 댁[12]

A. 랭보 앞

---

11 아직 열일곱도 되지 않은 랭보는 여전히 자기 나이를 부풀려 말한다.
12 Charles-Auguste Bretagne, 1837~1881. 샤를빌 제당 공장의 세관으로, 박학한 딜레탕트였던 그는 이장바르 및 드베리에르와 친하게 지내면서 랭보와도 교류하게 되었다. 그는 이전 근무지 팜푸에서 베를렌과 안면을 텄고, 이후 랭보에게 베를렌의 주소를 알려주며 연락을 권한다.

폴 드므니에게
보낸 편지

샤를빌(아르덴), 1871년 8월 [28일]

선생님,

제가 다시 기도를 하게 만드시는군요. 그러지요. 완전판 한탄가
를 들려드리지요. 차분한 가사로 부르고 싶지만, 예술에 대한 제
학식이 그리 심오하지가 않습니다. 자, 들어보십시오.

피의자 처지입니다. 저는 1년 넘게 일상적인 생활을 떠나 있었
어요, 뭘 위해서인지는 선생님도 아실 테고요. 가히 형용할 수 없
는 이 아르덴 지방에 줄곧 갇혀, 단 한 사람과도 교제하지 않으면
서, 불결하고 어리석고 고집스럽고 신비로운 무슨 작업에 파묻혀
서는, 질문들과 거칠고 악의적인 부름들에 침묵으로만 답하며 법
외 상황에서도 의연한 모습을 보여줌으로써 저는 마침내 숙취의
납 투구에 짓눌리는 73명의 관료만큼이나 완강한 어머니를 자극
하여 잔혹한 결단을 내리게 만들었지요.

어머니는 내게 일을 강요해왔습니다 — 오래 할 만한 일을, 아
르덴 샤를빌에서 말이죠! 어머니 왈, 어느 어느 날까지 일자리를

찾아라, 아니면 나가라.

저는 그 삶을 거부해왔어요. 이유도 대지 않고서요. 아주 가련했을 테지요. 오늘까지는 만기일을 연기할 수 있었습니다. 그러자 어머니가 어떻게 되었느냐. 이젠 제가 분별없이 떠나버리기를, 집에서 도망쳐 나가기를 끊임없이 기원하시는 거죠! 극빈자에 경험도 없으니 교정 시설에 들어가고 말 거라나요. 그러고 나서 그때부터는, 침묵이 제 위로 내려앉았습니다!

이렇게 해서 구역질나는 손수건이 제 입을 틀어막아버린 겁니다. 아주 간단하지요.

저는 아무것도 달라 하지 않습니다, 그냥 정보를 달라는 것뿐이에요. 저는 자유롭게 일하고 싶습니다. 하지만 파리에서요, 제가 사랑하는 파리 말입니다. 자, 보십시오. 저는 도보객이고, 그게 다예요. 그 어마어마한 도시에 저는 아무런 물질적 재원 없이 도착하는 겁니다. 하지만 말씀하셨잖아요, 일당 15수짜리 노동자[1]가 되고 싶어 하는 사람은 거기 가서 알아보고, 그걸 하고, 그렇게 산다고요. 저도 거기 가서 알아보고, 그걸 하고, 그렇게 사는 겁니다. 전에도 별 집중을 요하지 않는 직업을 알려달라고 한 적이 있지요. 생각에 시간이 뭉텅뭉텅 들어가기 때문입니다. 시인을 석방시킨다는 점에서, 그런 물질적 소꿉장난도 사랑받을 만합니다. 제가 파리에 있다, 그렇다면 제게 실제적인 **경제체제**가 필요하지요! 선생님이 보시기엔 이게 진심 같지 않나요? 제게는 그게 너무 이상해 보입니다, 선생님께 제 진지함을 강변해야 한다는 것

---

1 15수는 75상팀이다. 1871년에 숙련공을 포함하여 집계한 파리 지역 평균 임금은 성인 남성의 경우 4프랑 99상팀, 성인 여성의 경우 2프랑 78상팀이었다.

이요!

이상과 같은 생각을 했던 것입니다. 제가 보기엔 유일하게 이치에 맞는 생각이에요. 다른 말로 풀어드리지요. 제겐 하고자 하는 의지가 있습니다, 저는 제가 할 수 있는 것을 합니다. 제가 하는 얘기가 여느 동냥객 말보다 어렵진 않을 텐데요!

아이가 동물학의 원리를 갖추지 못해 날개 다섯 달린 새를 원한다면 뭐하러 꾸짖겠습니까? 그래봐야 꼬리 여섯 개 달린 새, 부리 세 개 달린 새가 있다고 믿게 만들 텐데요! 가정용 뷔퐁 《박물지》[2]를 한 권 안겨주면, 그게 아이의 환상을 깨주지요.

그러니까, 선생님께서 뭐라고 답장을 쓰실지 모르는 만큼, 설명을 여기서 끊고 선생님의 경험에, 답장을 받아보며 제가 축복해 마지않았던 선생님의 친절에 계속적인 신뢰를 보내면서, 제 생각을 바탕으로 선생님께 약간의 책임을 지우는 것입니다 — 부탁드립니다…

제 작업 견본들을 과히 귀찮아하지 않고 받아주시겠습니까?

A. 랭보

---

2 18세기에 쓰인 뷔퐁의 36권짜리 《박물지》가 축약본으로 출판되어 19세기 중산층 가정에 널리 보급되었다.

폴 베를렌에게
보낸 편지 (부분)

[샤를빌, 1871년 8월]

(…)

저는 장시를 한 편 쓰려는 계획을 세웠지만 샤를빌에서는 작업할 수 없습니다. 파리에 갈래도 수가 없는 것이, 무일푼이거든요. 제 어머니는 과부에다 극도로 독실하십니다. 일요일마다 제 몫의 교회 자릿값으로 10상팀을 주실 뿐이죠.

(…)

폴 베를렌에게
보낸 편지 (부분)

[샤를빌, 1872년 4월]

(…)

내 발톱이 눈에서 떨어져 있는 것만큼이나 나는 일과 멀어. 똥 처먹을 나! 똥 처먹을 나! 똥! 똥! 똥! 똥! 똥! 똥!

너희들이 내가 실제적으로 똥을 먹는 걸 보면, 그땐 더 이상 날 먹여 살리는 게 너무 비싸게 든다고 하지 못하겠지!…

(…)

에르네스트 들라에[1]에게
보낸 편지

[파리], 72년 [6월]

내 친구,

그래, 아르두앙 코스모라마[2] 속 생활이란 놀라울 따름이지. 시골, 전분과 진흙을 먹고 사는 곳, 동네 포도주와 지역산 맥주를 마시는 곳, 그건 그립지 않아. 그러니 끊임없이 거길 규탄하는 네가 옳아. 하지만 여기 이곳은 어떠냐면, 증류주에, 합성주에, 완벽한 옹색함이 있지. 그리고 짓누르는 여름이 있고. 더위가 심하게 이어지는 않지만, 좋은 날씨가 모든 사람의 관심사가 되는 걸 보기란, 또 모든 사람이 한 마리 돼지임을 보기란. 난 여름을 증오

---

1 랭보가 학창 시절부터 친하게 지낸 샤를빌의 친구. 랭보를 만나러 파리에 오는가 하면, 랭보를 통해 베를렌 및 제르맹 누보를 알게 된 후로는 그들과 랭보의 소식을 주고받기도 한다. 1920년대에는 랭보에 대한 책들을 쓰기도 하는데, 가끔 부정확한 그의 회고담들에는 그럼에도 흥미로운 일화들이 많아서 랭보의 삶을 재구성할 때 중요한 자료가 된다.
2 랭보는 '아르덴Ardennes'을 그 지방 사투리조로 변형시켜 '아르두앙Arduan'이라고 쓴다. 코스모라마는 유명 도시나 세계 각지의 사진을 넘겨가며 들여다볼 수 있는 장치다.

해, 여름이 좀 완연해진다 싶을 때면 나는 죽어나거든. 이러다 괴저병이 나겠다 싶도록 갈증이 나. 아르덴과 벨기에의 강들, 샘들, 그걸 나는 그리워하는 거지.

여기에도 내가 마시러 가기 좋아하는 장소가 하나 있긴 해. 압송프 아카데미³ 만세! 종업원들의 마음보가 고약하긴 하지만. 얼음장 같은 샐비어 술, 이 압송프의 효력으로 인한 취기야말로 최고로 섬세하고 최고로 후들거리는 옷이지. 그래봤자, 그러고 나서는 똥구덩에 눕게 되지만!

맨 똑같이 않는 소리지, 뭐! 분명한 게 있다면, 페랭⁴은 똥이라는 것. 위니베르 카페⁵ 카운터도 똥이라는 것, 광장 맞은편이든 아니든. 하지만 내가 위니베르 카페를 저주하는 건 아니고 ─ 아르덴이 점령되어 점점 더 사정없는 압박을 받기를 나는 간절히 바라는데, 그 모든 게 아직도 일상적이야.

진지하게 말하자면, 넌 스스로를 많이 괴롭혀야 해. 많이 걷고 읽는 편이 아마 옳을 테지. 어쨌거나 책상들과 양갓집들에 갇히지 않는 게 옳아. 둔해지자고 해도 그런 곳들에선 멀어져야지. 내가 하는 말이 연고약 선전이랑은 거리가 멀다만, 가련한 나날들에 틀에 박힌 생활은 위로가 되지 않는다고 생각해.

요즘은 밤에 작업을 해. 자정부터 새벽 다섯 시까지. 지난 달,

---

3 '압송프absomphe'는 압생트absinthe를 변형시킨 단어이다. '압생트 아카데미'는 술집 펠로리에 연구소의 별명으로, 벽을 따라 놓여 있던 40개의 술통이 아카데미 프랑세즈의 회원 40명에 빗대어진 데서 유래한다.
4 1871년 1월 샤를빌 중학교에 이장바르 후임으로 부임했다가, 이후 샤를빌 공화파 일간지 《북동일보》의 편집장이 되었다. 들라에에 따르면 랭보는 그에게 시를 보냈으나 게재를 거부당했다.
5 샤를빌 역 앞 광장에 있던 카페 겸 술집.

무슈르프랭스가의 내 방은 생루이 고등학교 정원 쪽을 향해 있었어. 좁은 창문 아래로는 커다란 나무들이 있었고. 새벽 세 시면 촛불이 희미해져. 온갖 새들은 나무에서 일제히 울어대고. 그러면 끝이야. 더 이상 일은 안 해. 그 형언할 수 없는 새벽의 첫 시간에 사로잡힌 나무들과 하늘을 봐야만 했거든. 완전 먹통이 된 고등학교 기숙사 방들이 보이고. 벌써 대로에서는 덜커덩거리는 화차들의 감미로운 소리가 울리고. ─ 나는 내 망치 모양 파이프를 피우며 지붕 기왓장들에 침을 뱉었어. 내 방은 고미다락이었거든. 5시에는 빵을 좀 사러 내려가곤 했어. 시간이 된 거지. 노동자들이 사방에서 행진하고. 나로 말하자면 포도주 가게에서 취할 시간이고. 7시, 태양이 기왓장 아래에서 쥐며느리들을 나오게 할 때, 나는 집으로 돌아와 먹고 잠자리에 들곤 했어. 여름 첫새벽, 12월의 저녁들, 여기서 나를 언제나 황홀하게 해준 것들이지.

하지만 지금은, 참 깜찍스러운 방에 살아. 깊디깊은 안마당을 향해 있는데 3제곱미터짜리야. ─ 빅토르 쿠쟁가는 바랭 카페 모퉁이에서 소르본 광장과 만나고 다른 쪽 끝에선 수플로가로 이어져. ─ 여기서 나는 밤새도록 물을 마시고, 아침도 못 보고, 자지도 못하고, 숨통이 막혀. 자, 이렇게 됐어.

물론 네 요구는 정당한 것으로 인정될 거야![6] 문학 예술 신문 《르네상스》[7]를 보게 되면 잊지 말고 거기 똥을 싸도록 해. 샤를빌 똥통[8] 이주민들의 페스트는 지금까지 피해왔어. 계절들에 똥

6 들라에의 요구가 무엇이었는지는 알려져 있지 않다.
7 1872년 4월 창간된 좌파 애국 성향의 잡지로, 베를렌을 포함한 '야비한 작자들'의 구성원 다수가 여기에 기고했다. 1872년 9월에는 랭보의 시 〈까마귀들〉이 실리기도 했으나, 이 출판이 랭보가 원한 것인지는 확실치 않다.

을 먹인다. 용기 빌어먹고.[9]

용기 내렴.

A. R.

8   샤를빌 주민을 가리키는 단어 'Carolopolitain'에 '똥merde'을 합쳐 'Caropolmerdis'
     라고 썼다.
9   랭보는 '용기courage'라는 단어를 분해한 뒤 '목cou'을 어원이 같은 '경부col'로 바꾸
     어 'colrage'라고 쓰면서 '용기'라는 단어 속에 포함된 '격분rage'을 도드라지게 만든
     다. 다음 단락에서는 다시 원래대로의 철자법이다.

에르네스트 들라에에게
보낸 편지

라이투(아티니면, 로슈),[1] 73년 5월

소중한 친구, 작금의 내 생활을 아래 수채화에서 볼 수 있을 거야.

오 **자연**이여! 오 나의 어머니여!

얼마나 짜증나는 노릇인지! 또 어찌나 순진해빠진 괴물들인지, 이 농부들이란. 저녁에 뭘 좀 마시려면 20리 길을, 혹은 그 이상을 가야 해. **마더**께서 이 슬픈 구멍 속에 날 처넣으셨지. 여기서 어떻게 나가야 할지 모르겠지만 어쨌든 난 나갈 거야. 저 잔혹한 찰스타운[2]이 그리워, 위니베르 카페, 도서관 등등⋯ 그래도 작업은 꽤 규칙적으로 하고 있어. 산문으로 된 짤막한 이야기들을 쓰는데, 전체 제목은 이교도의 책, 아니면 니그로의 책이 될 거야. 멍청하고 순진하지. 오, 순진이여! 순진, 순진, 순즈⋯ 재앙

---

1 지명 로슈의 별칭처럼 적힌 '라이투'는 민요에 자주 쓰이는 후렴구, "트루 라 라이투 trou la laïtou"에서 유래한 표현으로 추정된다. 본문에서 로슈를 비유하는 '구멍trou' 도 그 연장선상에 있다.

2 영국 생활 이후 랭보의 글에는 영어식 표현이 간혹 나타난다. 여기에서는 어머니를 '마더mother'로, '샤를빌Charleville'을 '찰스타운Charlestown'이라고 썼다.

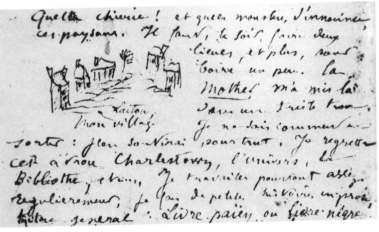

1873년 5월 에르네스트 들라에에게 보낸 편지 속 데생.

이로다!

베를렌이 《북동일보》 인쇄업자 드뱅 나리와 교섭해보라는 언짢은 용무를 네게 맡겼을 테지. 내 생각엔 그 드뱅이라는 자가 꽤 싼값에, 거의 깨끗하게 베를렌의 책[3]을 만들어줄 수 있을 것도 같아. (《북동일보》의 똥 묻은 활자를 쓰지 않는다면 말이지만. 어쩌면 광고까지 한 면 떡하니 때려줄 수 있을지도 모르지!)

그 외엔 할 말이 전혀 없어, **자연** 관조에 홀딱 빨려 들어가버려서 말야.[4] 나는 네 것이로다, 오 **자연**이여, 오 나의 어머니여!

악수를 보낸다, 내가 할 수 있는 한 서두르고 있는 재회를 희망하며.

R.

편지를 뜯어 다시 쓴다. 베를렌이 너한테 18일 일요일에 부이용에서 만나자고 제안했을 거야.[5] 나는 못 가. 네가 가면 아마 너한테 베를렌이 나 아니면 자기가 쓴 산문 단장 몇 편을 맡길 텐데, 나한테 돌려주면 돼.

어머니 랭보 부인께선 6월 중에는 확실히 찰스타운으로 돌아갈 거고, 그러면 나는 그 귀여운 도시에 얼마간 머무를 수 있도록 애써볼 거야.

---

3 1874년에 출간될 베를렌의 세 번째 시집 《가사 없는 연가》를 가리킨다. 당시 베를렌은 출판업자를 찾는 데 어려움을 겪고 있었다.
4 랭보는 '관조contemplation'와 '전립선prostate'을 합쳐 'contemplostate'라고 쓰는 한편, '흡수하다absorber'라는 동사 사이에 '엉덩이cul'를 넣어 'absorculer'를 만든다.
5 부이용은 랭보가 있던 로슈와 베를렌이 있던 제웅빌의 중간 지점에 위치한 마을이다.

햇볕은 짓눌러오는데 아침에는 날씨가 얼어붙어. 어제는 프로이센인들을 보러 부지에 갔어.[6] 일만 영혼이 사는 군인데, 여기서 7킬로미터 거리에 있지. 덕분에 다시 좀 유쾌해질 수 있었어.

지독하게 갑갑해. 손 닿는 곳에 책 한 권, 술집 하나 없고, 거리엔 사건 하나 없어. 어찌나 끔찍한지, 이 프랑스 시골이란. 내 운명은 이 책에 달려 있고, 그걸 쓰려면 잔혹한 이야기를 아직 여섯 개나 더 지어내야 해. 여기에서 어떻게 잔혹한 것들을 지어내겠어! 이야기 세 편은 벌써 되어 있지만 그걸 네게 보내진 않을게, "비용이 얼마인데!"[7] 자, 그렇다는 것!

곧 보자꾸나, 그땐 너도 그걸 볼 수 있을 테니.

랭브[8]

나음에는 네게 우표를 보낼 참이니, 대중 총서 중 괴테의 《파우스트》를 사서 내게 보내줘. 운송료는 1수밖에 안 들 거야.

그 총서의 신간들 중에 셰익스피어 번역이 있는지 말해줘.

아예 나한테 거기 최신 카탈로그를 보내줄 수 있으면 보내주고.

R.

---

6 부지에는 아르덴 지방의 소읍으로, 당시 프로이센 군대가 주둔하고 있었다.
7 어머니의 말버릇을 흉내내는 것으로 보인다.
8 들라에나 베를렌에게 보낸 편지에서 랭보는 가끔 이름을 줄여 'Rimb'라고 서명한다.

폴 베를렌에게
보낸 편지

런던, 금요일 오후 [1873년 7월 4일]

돌아와, 돌아와, 소중한 친구, 유일한 친구, 돌아와. 네게 맹세해, 착해질게. 너한테 불퉁스럽게 굴었던 건 그저 하던 농담을 물고 늘어지느라 그랬던 것뿐이고, 난 그걸 이루 말할 수 없이 후회하고 있어. 돌아와, 다 잊혀질 거야. 그 농담을 네가 믿다니, 무슨 불행인지. 요 이틀 동안 나는 끊임없이 울고 있어. 돌아와. 용기를 가져, 소중한 친구. 망쳐진 건 없어. 네가 여정을 되짚어 오면 그만이야. 우리는 여기에서 정말로 용기 있게, 인내심을 가지고 다시 살아갈 거야. 아아! 제발 이렇게 빌게. 게다가 이것들은 네 재산이잖아. 돌아와, 네 물건들 모두 그대로 있을 거야. 우리가 한 얘기가 다 실없는 것이었단 걸 지금쯤 너도 잘 알고 있기를 바라. 끔찍한 순간이었지! 하지만 너는, 내가 배에서 내리라고 손짓을 보냈을 때 왜 오지 않았어. 이런 순간에 이르자고 우리가 2년을 함께 살았다니! 뭘 할 작정이야? 여기로 돌아오고 싶지 않다면, 네가 있는 곳으로 내가 너를 찾아가면 좋겠어?

그래 잘못한 건 나야.

오 넌 날 잊지 않겠지, 응? 아니야 너는 날 잊을 수 없어. 나는, 내겐 아직도 여기 네가 있어.

말해봐, 너의 친구에게 대답해봐, 우리가 더 이상 함께 살면 안 되는지. 용기를 가져. 얼른 답장해줘. 여기에서 더 이상 오래 머물 수 없어. 네 진심에만 귀 기울도록 해. 얼른 말해줘, 내가 가서 너와 합류해야 할지.

한평생 너의 것인
랭보

얼른 대답해줘, 월요일 저녁 이후로는 여기 더 머무를 수 없어.

내겐 여전히 1페니도 없고, 그걸 우체국에 쓸 수도 없어. 네 책들과 원고들은 베르메르슈에게 맡겼어.

너를 더 이상 보지 말아야 한다면, 해군이나 육군에 지원할 거야.

오 돌아와, 내내 자꾸 울고만 있어. 널 다시 찾아오라고 말해줘, 갈게, 그렇게 말해줘, 전보 보내줘 — 나는 **월요일** 저녁에 떠나야 해, 넌 어디로 갈 거니, 뭘 하고 싶어?

폴 베를렌에게
보낸 편지

[런던, 1873년 7월 5일]

소중한 친구, "바다에서" 썼다고 적은 네 편지를 받았어. 네가 틀렸어, 이번만큼은, 게다가 심하게 틀렸어. 우선 네 편지에는 확실한 게 전혀 없어. 네 아내는 오지 않을 거야.[1] 혹은 세 달 뒤에 오겠지, 삼 년 뒤에 오거나, 알 게 뭐람. 숨을 끊는 일로 말하자면, 내가 널 알아. 너는 그러니까, 네 아내와 네 죽음을 기다리면서 난리를 치고, 헤매고, 사람들을 진저리나게 하겠지. 뭐야 너는, 아직도 서로 화를 낼 때 한쪽만큼이나 다른 쪽도 틀렸었다는 걸 인정하지 않는구나! 하지만 마지막 잘못을 저지르는 건 네가 될 거야, 왜냐, 내가 널 다시 부른 다음에도 끈질기게 틀린 감정들에 매달렸으니까. 나 아닌 다른 사람들과 함께하는 네 삶이 더 좋을 것 같니, **생각을 해봐!** — 아! 당연히 아니지! — 나하고만 너는 자유

---

1 베를렌의 아내 마틸드 모테는 1872년 말에 베를렌에게 이혼 청구 소송을 걸어놓은 상태였다. 베를렌은 브뤼셀에서 전보와 편지를 보내 아내를 부르지만 그녀는 오지 않았다.

로울 수 있어, 또 내가 이렇게 네게 맹세하잖아, 앞으론 상냥하게 굴 거라고, 내 정신이 마침내 또렷해졌다고, 너를 무척 사랑한다고, 그러니까 돌아오기를 원하지 않는다면, 혹은 내가 가서 너와 다시 함께하기를 원하지 않는다면, 넌 범죄를 저지르는 거야, 그리고 **그에 대해 너는 세세연년 회한을 느낄 거야, 모든 자유를 잃어버렸음에,** 또 이때까지 네가 겪은 것보다 **아마 더 끔찍할 지긋지긋함에.** 그다음, 나를 알기 전에 네가 어땠는지 다시 생각해봐.

나로 말하자면, 어머니 집으로는 돌아가지 않아. 파리로 갈 거야. **월요일** 저녁에는 떠나보려고 해. 너 때문에 네 옷가지들을 다 팔아야 하게 생겼어, 달리 어쩔 수가 없어. 아직은 팔리지 않았어, 월요일 아침에야 가지러들 오겠지. 파리로 편지를 보내고 싶으면 L. 포랭[2]한테 보내, 생자크가 289번지, 랭보 앞. 그가 내 주소를 알고 있을 거야.

물론 네 아내가 돌아온다면, 내가 너한테 편지하면서 널 위태롭게 만들 일은 없을 거야. — 영영 편지하지 않을 거야.

유일하게 진정한 말은 이거야. 돌아와, 나는 너와 함께 있고 싶어, 너를 사랑해. 이 말을 귀담아 듣는다면, 용기와 진정한 마음을 보여줄 테지.

아니라면, 널 딱하게 여길 거야. 하지만 나는 너를 사랑해, 네게 입맞춤을 보내고, 우리는 다시 볼 거야.

2 Jean-Louis Forain, 1851~1931. 두 시인과 친하게 지냈던 보헤미안 화가. 랭보가 1872년 파리에 체류했을 때 방을 나눠 쓰기도 했다. 랭보는 시 몇 편의 수고본을 그에게 맡기는가 하면, 1873년에는 《지옥에서 보낸 한 철》 저자 증정본 중 서너 부를 포랭 앞으로 보냈다. 랭보와 가장 나중까지 연락을 유지한 파리의 지인들 중 한 명으로, 그가 랭보를 그린 크로키가 남아 있다.

랭보

내게 연락하려면 월요일 저녁까지, 혹은 화요일 정오까지, 그
레이트컬리지 운운 8번지로.

폴 베를렌에게
보낸 편지

내 소중한 친구,

네가 스미스 부인에게 보낸 편지를 봤어.[1] 런던으로 돌아오고 싶은 거야? 모두가 널 어떻게 맞아들일지 넌 모를걸! 다시 너랑 같이 있는 나를 보고 앙드리외[2] 등등이 나한테 구겨 보일 얼굴 하며. 그렇지만, 난 굳게 용기를 낼 거야. 네 생각을 그냥 솔직하게 말해봐. 날 위해 런던으로 돌아오고 싶은 거야? 그럼 며칠에? 내 편지의 충고를 따르는 건가. 그런데 이제는 우리 방에 아무것도 없어. — 다 팔렸거든, 외투 한 벌 빼고는. 2파운드 10실링을 마련했어. 그래도 내 의류는 아직 세탁부한테 가 있고, 또 제법 많은 것들을 내가 쓰려고 놔뒀어. 조끼 다섯 벌, 셔츠 전부, 속바지들, 셔

---

1 수고본을 보면 랭보는 이 문장 다음에 "안됐지만 너무 늦었어"라는 문장을 썼다가 삭제했다. 스미스 부인은 베를렌과 랭보가 세 들어 살던 집주인이다.
2 Jules Andrieu, 1838~1884. 《중세의 역사》(1866) 등을 집필한 역사가로, 영국에 있던 코뮌파 망명객 중 한 명이다. 쥘 발레스, 카를 마르크스 등이 소속되어 있던 런던 사회학 연구회에 베를렌이 가입할 수 있도록 주선하기도 했다.

츠깃들, 장갑들, 신발도 전부. 네 책들이랑 원고들은 다 안전해. 요컨대, 팔린 건 네 바지들, 그러니까 검은색이랑 회색 바지랑 외투 한 벌, 조끼 한 벌, 가방, 모자 상자뿐이야. 그런데 왜 나한테 편지하지 않은 거야, 나한테 말야. 좋아 이 녀석, 내가 한 주 더 머무를게. 그러면 네가 오는 거지, 아냐? 진실을 말해줘. 네가 용기를 냈다는 표시였겠지. 그렇기를 바라. 나에 대해선 안심해도 돼, 내 성격은 아주 좋아질 거야. 너의 벗. 널 기다려.

랭브.

쥘 앙드리외에게
보낸 편지

런던, 74년 4월 16일

선생님께,

— 이하의 형식에 대해 너른 양해를 구하며 —

저는 정기 구독물을 하나 시작해보고자 합니다. '찬란한 역사'라는 제목으로요. 판형은 아직 결정하지 않았습니다. 번역이 있을 것이고(일단 영어), 스타일은 없다시피 할 겁니다. 세부들의 기이함과 전체의 (멋진) 퇴폐성이 드러나기 위해서는, 당장의 번역을 위한 표현들 이외에 다른 일체의 표현법을 가하지 말아야하니까요. — 제가 하고 있는 이 약식 선전문처럼 말입니다. 출판인을 찾으려면 엄선된 두세 편을 선보여야 할 거라고 짐작합니다. 이런 기획을 추진하기 위해서는 도서계, 넓게는 사교계에, 저는 잘 **모르지만** 뭔가 준비가 필요할까요? — 아마 결국은, 우리가지금 처해 있는 역사적 무지 상태에 대한 사변이 될 겁니다(정신의 시장판에서 지금 역사는 유일하게 이용되지 않는 분야지요)— 특히 이곳에서는 (제가 듣기론 그랬습니다만?) 사람들이 역사에 대해 전혀 모르니까 — 그런 사변 형식이 사람들의 문학적 취향에 꽤 잘 들어맞을 것 같습니다. — 결론적으로 말하자면, 저는 대중에게 어떻게 하면 이중의 투시자로 처신할 수 있는지를 압니다. 대중은 이제껏 보는 일에 신경을 쓴 적이 없는데, 어쩌면 그들에겐 볼 필요란 게 아예 없는 것이겠지요.

단 몇 마디로 말해보자면(!) 특정할 수 없는 역사적 하이라이트 대목들이 이어지는 연작물이랄까요, 연보든 우화든 아주 오래된 회상록이든, 출발점은 아무려나 좋습니다. 이 고상한 작업의 진짜 원칙은 눈길을 확 잡아끄는 선전 문구입니다. 단편들 사이에 교육적인 연속성을 만들어내기 위해 각 호 첫머리에 선전용 문구를 배치할 수도 있을 것이고, 그 문구들을 따로 떼어낼 수도 있겠지요. 묘사로는, 《살람보》[1]의 기법들을 떠올려보십시오. 신비로운 연결 짓기 및 설명들로 말하자면 키네나 미슐레를 떠올리시면 되는데, **그보다는 나을** 거고요.[2] 그다음, 역사의 드라마에 따라 극히 소설적인 고고학이 펼쳐집니다. 온갖 논전을 펼쳐낼 근사한 신비주의가 약간, 이곳에서 유행하는 산문시가 약간 들어갈 테고요, 모호한 필치를 갖춘 소설가의 기교들이 좀 들어가고요. — 제가 생각하는 파노라마들, 역사적 **골동품들**은 그래봤자 몇 해 뭉갠 예비대학생 수준에 불과한 것들임을 알아두셔야 합니다. — 저는 지금 사업을 하려는 거니까요.

선생님, 저는 선생님이 뭘 아시는지, 어떻게 아시는지 압니다.

---

1 플로베르의 역사소설. 고대 카르타고의 습속, 종교, 전투 장면들을 풍부하고 세밀하게 재구성했다.

2 키네Edgar Quinet, 1803~1875와 미슐레Jules Michelet, 1798~1874는 모두 공화파 역사가이며, 풍부한 상상력과 유려한 문체로 큰 성공을 거두었다.

여기 질문지를 하나 제출합니다(불가능 방정식 비슷한 질문입니다). 누구의, 어떤 작업이 가장 오래된 (**가장 늦은**)[3] 시작점입니까? (그 작업 후에 나왔을) 특정 날짜에 대한 일반 연대기로는 어떤 것이 있습니까? — 제가 짐작할 수 있는 건 고대 부분뿐인 것 같습니다. 중세와 현대는 보류하고요, 그 외엔 짐작조차 할 수 없습니다. — 학문적이든 공상적이든, 가장 오래된 연보로 제가 어떤 걸 참조할 수 있을까요? 그다음, 개괄적이든 부분적이든, 어떤 고고학 저작이나 연대기 저작을 참조할 수 있을까요? 마지막으로 그리스 로마 아프리카 전체가 평화를 맞은 시기가 언제였는지 여쭙고 싶습니다. 보십시오. 도레[4]풍 삽화가 있는 산문으로, 갖가지 종교의 배경 장식, 법의 **특성들**, 복장들 및 풍경들과 함께 펼쳐 보여지는 갖가지 민중적 숙명성의 **어우러짐**이 있을 것이고, — 이 모든 것이 다소간에 잔혹한 날짜들, 전투들, 이주들, 혁명 장면들에서 포착되어 풀려나올 것입니다. 약간 이국적일 때가 많을 것이고, 지금까지의 수업들이나 환상적 소품들에는 없는 형식일 것입니다. 게다가 일단 사업이 자리 잡히면 자유롭게 해나갈 겁니다, 신비주의로 갈 수도 있고, 통속적으로 갈 수도 있고, 박식하게 갈 수도 있을 테지요. 그래도 초안은 하나 있어야 합니다.

완전히 실업가적인 일인 데다 저작물의 제작에 들어갈 시간도 대수롭지 않아 보이긴 하지만, 그 구성은 제게 무척 까다로운 일로 여겨지지 않을 수 없습니다. 그러니 제 문의 사항들을 여기 적

---

3 랭보는 가장 최근의 것을 뜻하는 영어 'latest'를 반대의 의미로 착각하여 괄호 안에 병기했다.
4 Gustave Doré, 1832~1883. 삽화가. 그로테스크하면서도 세밀한 필치의 판화들로 유명하다.

지 않겠습니다, 선생님이 답을 하시기가 더 번거로우실 테니까요. 반시간가량 이야기를 나눠주시기를 선생님께 간청합니다, 시간과 장소는 선생님 편하실 대로 하십시오. 선생님께서 계획을 파악하셨을 것이라고, 또한 저희가 곧 설명을 드리게 될 것이라고 **확신**하면서, — 전대미문의 것이 될 영국적 형식을 위해 —

답 주시기를 부탁드립니다.

존경을 담아 인사드립니다.

랭보
유스턴로드 아가일스퀘어 30번지

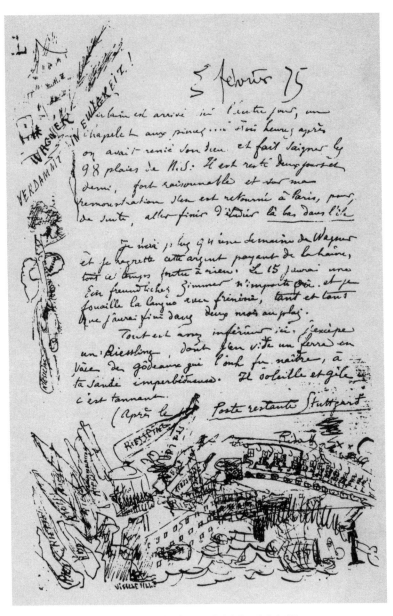

1875년 3월 5일 에르네스트 들라에에게 보낸 편지 원본.

에르네스트 들라에에게
보낸 편지

[슈투트가르트], 75년 [3]월 5일¹

베를렌이 요전날 여기에 왔어, 손모가지에 묵주를 걸고… 세 시간 후에는 그의 신을 부인하고 우리 주님을 아흔여덟 군데 상처로 피 흘리게 했지. 이틀 반 동안 무척 분별 있게 머무르다가 내 훈계에 따라 파리로 돌아갔어, 곧이어 **저기 섬나라**에 가서 공부를 마저 하기로 했고.²

바그너 주간³은 이제 한 주밖에 안 남았고, 나는 원한스럽게 지불해야 하는 돈과 쓸데없는 데 처박힌 그 모든 시간이 아까워. 15일에는 아무데나 아인 프로인트리셔스 짐머⁴를 하나 얻을 거

---

1 랭보는 '75년 2월 5일'이라고 적었으나, 그가 샤를빌을 떠나 슈투트가르트로 온 것이 2월 13일이고 우체국 소인 역시 3월 6일로 찍혀 있으므로, 3월 5일을 잘못 적은 것으로 보인다.

2 '저기 섬나라'는 영국 유배 당시 위고를 기렸던 방빌의 시에서 따온 표현이다. 랭보의 조언대로 베를렌은 3월 20일에 영국으로 떠나 그곳에서 보조 교사 일자리를 구한다.

3 에른스트 루돌프 바그너라는 퇴직 목사가 슈투트가르트 외곽에서 기숙사를 운영하고 있었다. 문맥상 이 표현은 곧 이 거처에서 떠나겠다는 뜻으로 여겨지며, 실제로 랭보는 3월 17일 자 편지로 가족에게 새 주소를 알린다.

4 독일어로 '쾌적한 방 한 칸 Ein freundliches Zimmer'.

야. 미친 듯이 이 언어를 파헤치고 있어. 마구마구 해서 길어도 두 달 안에는 마쳐보려고.

여기는 모든 게 꽤나 열등해 — 하나는 빼도록 하지, 리슬링 날 야. 그 탄생을 지켜본 언덕들을 마주 보며 잽싸게 한 잔 비우고 있어, 네 불가항력적인 건강을 기원하며.[5] 해가 나는데 얼어붙네, 사람을 들볶는 날씨야.

(15일 이후에는, 슈투트가르트 유치우편으로)

너의 벗.
랭브

---

5 리슬링은 독일에서 많이 생산되는 백포도주이다. 이어지는 문장에서 랭보는 철자를 바꿔 독일식 발음을 흉내낸다(vite/vide, ferre/verre, vâce/face, gôdeaux/côteaux, gui/qui, l'onh/l'ont, fu/vu, naîdre/naître, imperbédueuse/imperpétueuse).

가족에게 보낸 편지

[슈투트가르트], 1875년 3월 17일

내 소중한 가족들에게,

새 주소가 생기기 전에는 편지 쓰고 싶지 않았습니다. 오늘에서
야 저번에 보내주신 것, 50프랑을 잘 받았음을 알려드리며, 제 앞
으로 보낼 편지 주소란에는 다음과 같이 기입하시면 됩니다.

Wurtemberg,

  Monsieur Arthur Rimbaud

2, Marien Strasse, 3 tr.,

  Stuttgart[1]

'3 tr.'은 3층이라는 뜻입니다. 여기에 굉장히 큰 방을 얻었어
요, 가구도 매우 잘 갖춰져 있는 데다가 도시 중심에 있는데, 관리

---

1 뷔르템베르크주 슈투트가르트 마리엔로 2번지 3층 아르튀르 랭보 씨.

비 포함해서 10플로린, 즉 21프랑 50상팀이에요. 식사를 포함시키면 한 달에 60프랑이지만, 어차피 저는 필요 없습니다. 그렇게 살짝 조합된 숙식 제공이란 게 맨 속임수이고, 숙박이거든요. 겉보기론 꽤나 경제적이지만 말입니다. 그러니 저는 남아 있는 돈으로 4월 15일까지 버텨볼 겁니다. (아직 50프랑이 있어요.) 그날짜에는 제가 다시 융통을 부탁드려야 할 테니까요. 왜냐면 제대로 시동이 걸리기까지 한 달은 더 머물러야 하고, 그때 자리 구하는 광고를 낼 텐데 그 후속 과정(예를 들면 여행)에 얼마간 돈이 들 수도 있으니까요. 엄마가 이걸 적당하고 합리적이라고 여겨줬으면 좋겠어요. 가능한 모든 수단을 동원해서 이곳의 관례들이 몸에 배도록 하고 있고요, 정보를 구해보려 하고 있습니다. 그들의 생활 방식이 정말이지 괴롭긴 하지만요.

군인[2]에게 인사합니다, 비탈리와 이자벨도 잘 지내길 바라고요, 이곳의 물건 중 뭔가 원하는 게 있다면 알려주십시오. 여러분 모두의 헌신적인

A. 랭보

---

2 당시 군복무 중에 있던 랭보의 형 프레데릭을 가리킨다.

에르네스트 들라에에게
보낸 편지

[샤를빌], 75년 10월 14일

소중한 친구,

베를렌의 포스트카드와 편지, 일주일 전에 받았어. 모든 걸 좀 간편하게 만들려고, 유치우편물이 있으면 우리 집으로 보내라고 우체국에 말해놓았으니까 넌 이제 여기로 바로 편지하면 돼. 그 로욜라[1]가 보낸 조잡한 소리들에 대해선 아무 논평도 않겠어. 게다가 지금 내게는 더 이상 그 방면에 바칠 기력이 없어. '74년군 징병대 2반'[2]이 내달 11월 3일, 혹은 그즈음에 소집될 것 같으니까. 밤의 내무반 : 〈꿈〉

내무반에서는 배가 고파 ─

정말 그래…

1 예수회 창시자로, 여기에서는 최근 기독교로 개종한 베를렌을 가리킨다.
2 '74년군 징병대'는 당시 스무 살이 된 1854년생 소집병들을 가리킨다. 형이 자원입대를 하여 랭보는 군복무를 면제받았지만, 그럼에도 군사교육을 이수해야 했다.

발산, 폭발. 한 정령[3]이 나타나서 :

"나는 그뤼에르다!" —

르페브르 : "켈레르[4]!"

정령 : "나는 브리다!" —

군인들이 자기들 빵 위에 자른다 :

"이게 삶이지!"

정령 : "나는 로크포르다!"

— "이게 우리 죽음일지니!"···

— 나는 그뤼에르다

그리고 브리다!··· (계속)[5]

— 왈츠 —

그들이 우리를 합쳐놓았다, 르페브르와 나를···

(계속)

이런 근심거리들이라면 정신이 온통 거기에 빨려들 수밖에 없지. 그러는 동안 '로욜라'들은 상황에 맞게 정중히 돌려보낼 수밖에, 그래봤자 또 오겠지만.

네가 해줄 일이 하나 있어. 현행 '과학계 대입자격시험'에 어떤 과목들이 있는지 정확하고 간결하게 말해줘. 고전 분야, 수학 등

---

3   프랑스어 'génie'는 군대의 '공병'과 '정령'을 모두 의미할 수 있다.
4   켈레르는 왕당파 국회의원으로, 보불전쟁의 수모를 갚기 위해 의무 군복무 기간을 1년에서 3년으로 늘려야 한다고 주장했다. 냄새가 강한 치즈들이 등장하는 문맥을 고려할 때, 이 이름에서 '냄새야 Quel air!'라는 동음이의 말장난을 읽을 수도 있다. 한편, 당시 랭보 어머니가 세 들어 살던 집 아들의 이름이 샤를 르페브르였는데, 그 역시 1854년생으로 랭보와 함께 군에 소집되었다.
5   그뤼에르, 로크포르, 브리는 모두 치즈의 명칭이다.

말이야. 수학, 물리, 화학 등 각 과목에서 따야 하는 점수도 말해주고. 또 너희 학교[6]에서 쓰는 책들 제목(그리고 구할 수 있는 방법)도. 가령 이 '대입자격시험'의 경우, 그게 각 대학마다 다르지 않다면 말이지만. 하여간에, 실력 있는 선생들이나 학생들한테서 내가 말하는 이런 방향으로 알아봐줘. 곧바로 사야 할 책들 문제인 만큼, 구체적인 사항들이 특히 중요해. 이제 알겠지, 나는 군사교육과 '대입자격시험' 덕분에 두세 계절을 근사하게 보내게 생겼어! 그놈의 "고귀한 노역" 따위는 악마한테나 주라지. 다만 너는 다들 어떻게 준비하는지 내게 방법을 알려줄 만큼은 착하게 굴어주길.

여긴 아무 일도 없어.

늑대방구 씨와 코찔찔이[7]들이 애국적 강낭콩[8]으로 배가 부르건 말건 네게 딱 필요한 만큼의 여흥을 제공해준다고 생각하면 난 좋다. 적어도 여기처럼 눈 냄새가 진동하진 않잖아.

"내 미약한 힘이 미치는 한" 너의 벗인,

편지는 아래의 주소로 보내.

A. 랭보.

생바르텔레미가 31번지

샤를빌(아르덴)은 당연하고.

---

6 들라에는 당시 수아송 지역의 중학교에서 보조교사로 근무하고 있었다.
7 '늑대방구'는 펠릭스 나다르의 풍자만화에 나오는 교장의 이름이고, '코찔찔이'는 아이들을 가리키는 속어이다.
8 수아송 지역은 강낭콩으로 유명하다.

P.S. '옷단' 통신으로 인해 일어난 일인데, 로욜라가 쓴 일지를 '네므리'가 나한테 가져다주라고 무슨 **경찰**한테 맡겼다지 뭐야!⁹

---

9   샤를빌에서 떠나 있던 들라에는 시청 직원이었던 동창 에므리 명의의 유치우편함으로 편지를 받아보았는데, '네므리'는 그 이름의 변형이다. 이 번거롭고 조심스러운 전달 방식을 랭보는 군인들이 옷단 속에 물건을 감추어 전달하는 방법에 빗대어 '옷단 통신'이라 부른다.

절필 이후
1878~1891

ant ils auront tari leurs chiques,
mment agir, ò cœur volé ?
seront des refrains bachiques
cand ils auront tari leurs chiques !
urai des sursauts stomachiques
mon cœur triste est-ravalé !
cand ils auront tari leurs chiques
mment agir, ò cœur volé ?

ut pas rien dire . — Répondez-moi: chez
verriixe pour A.R ..

가족에게 보낸 편지

소중한 친지들에게,

오늘 아침 제노바에 도착했고, 여러분의 편지를 받았습니다. 이집트로 가는 뱃삯은 금으로 치러지니까, 전혀 이득될 게 없습니다. 나는 19일 월요일 밤 9시에 떠납니다.[1] 월말에 도착하고요.

여기까지 온 여정으로 말하자면, 평탄하지만은 않았고 계절이 그래 놓아서 가끔 꽤 서늘했어요. 아르덴에서 스위스까지 바로 가는 길로, 르미르몽에서 베세르링크로 가서 독일 차편으로 갈아타려면 보주 산악지대를 통과해야 했어요.[2] 처음에는 마차로, 그다음엔 걸어서요. 평균적으로 거의 50센티미터의 눈이 쌓여 있고 폭풍우가 예고되어 있는 길에 마차 통행은 있을 수가 없으니까요. 하지만 고타르 고개를 넘는 것이야말로 큰 모험이 될 거라

---

1 랭보는 요일 혹은 날짜를 잘못 썼다. 1878년 11월 19일은 화요일이다.
2 현재 프랑스령인 베세르링크 및 보주 산악지대는 1871년 알자스 로렌 합병으로 당시에는 독일령이 되어 있었다. 스위스로 가기 위해 '독일 차편'을 이용해야 하는 것은 그 때문이다.

고 여겨졌죠. 이 계절엔 더 이상 차가 다니지 않아서 저도 차를 타고 갈 수 없었으니까요.

증기선을 타고 루체른 호수를 건너서 닿은 호수 남단의 알트도르프에서 고타르 길이 시작됩니다. 알트도르프에서 15킬로미터 거리에 있는 질레넨에서부터 알프스산맥 특유의 가파르고 구불구불한 오르막길이 나타납니다. 더 이상 계곡은 없어요, 길을 따라 10미터마다 세워진 이정표 너머로 절벽들만 내려다보일 뿐이죠. 안데르마트를 앞두고, 유달리 무시무시한 지점을 지나는데, 악마의 다리라고 불려요. — 하지만 여러분이 판화로 갖고 계시는 슈플뤼겐 고개[3]의 비아말라 협곡 풍경보다는 덜 멋있어요. 괴쉐넨이라는 시골 마을은 노동자들이 몰려들면서 제법 큰 부락이 형성되었는데, 협곡 안쪽으로 그 유명한 터널[4] 입구가 보이고, 회사 작업장이랑 간이식당들이 모여 있습니다. 그러고 보면, 극히 험해 보이는 이 지역에 속속들이 노동이 닿아 있고, 또 활발한 노동이 이루어지고 있습니다. 협곡 안쪽의 증기 방아가 보이지는 않지만, 거의 어디에서나 까마득한 위쪽에서 내려오는 톱질 소리, 괭이질 소리가 들립니다. 널브러진 나무 조각들에서 이 고장의 주산업이 드러난다는 건 말할 필요도 없겠죠. 광산 채굴장도 많습니다. 여관 주인들은 다소 신기한 광물 표본들을 꺼내 보여줍니다. 악마가 산지 꼭대기에서 사들여 마을에 되팔러 온다나요.

---

3 슈플뤼겐 고개는 스위스에서 이탈리아 코모 호수로 넘어가는 또 다른 길이다. 랭보가 말하는 판화에 대해서는 알려진 바가 없다.
4 스위스 괴쉐넨에서 출발하는 생고타르 철도 터널의 공사는 1872년에 시작되어 1879년에 마무리되었다.

그다음에 진짜 등반이 시작됩니다. 호스펜탈에서였다고 생각해요. 거의 기어오르다시피 해서 지름길을 가로질러 오르고, 그러고 나면 다시 평원이나 차도를 마주치곤 합니다. 그도 그럴 것이, 상상을 하면 납득하실 거예요, 차도만 따라갈 순 없는 노릇이거든요. 차도는 지그재그로, 아니면 아주 완만한 계단식 지대로 올라가기 때문에 시간이 한없이 걸리게 됩니다. 사면 하나당 수직으로 4,900미터만 오르면 되는데, 게다가 주변 지대 높이가 있으니 사실 그보다 덜 올라도 되는데 말이죠. 그렇다고 해서 수직으로 가는 것도 아니에요, 포장길은 아니어도 흔히 오가는 비탈길이 나 있어서 그걸 따라가요. 산지 풍경에 익숙하지 않은 사람들은 또한 산 하나에 여러 개의 봉우리가 있을 수 있다는 것, 봉우리 하나가 그 산은 아니라는 것도 알게 되죠. 고타르 정상은 그러니까 몇 킬로미터에 걸쳐 있어요.

길은 폭이 6미터밖에 안 되는데, 가는 내내 오른쪽으로 눈이 거의 2미터씩 쌓여 있고 그 눈더미가 매순간 길을 덮치면서 높이 1미터짜리 둑이 되어 가로놓여서, 싸락눈이 휘몰아치는 가운데 그걸 헤쳐 길을 내야 했어요. 자! 더 이상 그림자 한 점 없습니다, 위로도 아래로도, 주위 어디에도, 어마어마한 물체들이 우릴 둘러싸고 있는데 말이에요. 더 이상은 길도 없고, 절벽도 없고, 협곡도 하늘도 없습니다. 생각되는 것, 만져지는 것, 보이는 것이든 보이지 않는 것이든 그저 백색뿐. 왜냐면 길 한가운데 있다고 여겨지는 골칫거리 백색에서 눈을 들 수도 없고, 소총 쏘듯 몰아쳐대는 삭풍에 코를 들 수도 없고, 속눈썹과 콧수염엔 종유석이 매달리고, 귀는 찢어지고, 목은 부어오르니까요. 우리 자신에 다름

147

아닌 그림자가 없었다면, 그리고 길을 어림잡게 해주는 전신주가 없었다면, 오븐 속의 참새마냥 혼이 빠졌을 거예요.

자, 1킬로미터 내내 1미터 넘는 높이의 눈을 헤치고 나아가야 합니다. 무릎이 보이지 않게 된 지가 한참입니다. 열이 납니다. 숨 가쁘게 고함을 지르면서 서로 기운을 북돋습니다. 눈보라가 반 시간 만에라도 가뿐히 우릴 매장할 수 있으니까요. ─ (혼자서 가는 일은 절대 있을 수 없습니다, 무리를 꾸려야 하죠.) 드디어 산막이 하나 나타납니다. 소금물 한 사발에 1.5프랑을 냅니다. 다시 길을 나섭니다. 하지만 바람이 미친 듯이 심해지고, 길이 틀어 막힌 게 눈에 보입니다. 여기 한 무리의 썰매 수송단이 나타났고, 말한 마리는 쓰러져서 반쯤 묻혀 있습니다. 그런데 길은 사라졌습니다. 이게 어느 쪽 전신주인지? ─ 전신주들이 한쪽으로밖에 없습니다. 길을 벗어나 헤매고, 옆구리까지 팔까지 파묻힙니다. 가로놓인 구덩이 뒤로 희미한 그림자 하나. 고타르 구호소입니다. 민간 자선 구호소인데, 소나무와 돌덩이로 지어진 추한 건물이고, 종루가 하나 딸려 있습니다. 초인종을 울리면 미심적은 젊은 이가 여러분을 맞아줍니다. 너절하고 더러운 방으로 올라가서, 빵과 치즈, 수프와 술 한 모금의 진수성찬을 받을 권리가 있습니다. 유명한 이야기에 나오는 그 커다랗고 늠름한 노란 개들이 보입니다.[5] 이윽고 산에 뒤처져 있던 사람들이 반쯤 죽어 도착합니다. 저녁이 되니 다 해서 서른 명 정도입니다. 이 인원에게 자리를

---

5 어떤 이야기의 개들을 말하는지 확실치 않다. 다만 나폴레옹이 생베르나르 고개로 알프스를 넘을 때 군인들이 그곳 수도원에서 여행객 구조를 위해 키우던 세인트버나드 종 개들의 도움을 받았다는 일화가 당시 이미 유명했다.

배정하고, 식사를 준 뒤, 딱딱한 매트 위 충분치 않은 이불 아래서 자게 하는 거죠. 밤에, 관리인 무리가 오두막에 지원금을 주는 정부들을 하루 더 벗겨먹었다는 기쁨으로 굉장한 찬송가들을 뿜어대는 소리가 들립니다.

아침, 빵 치즈 술 한 모금 뒤에, 폭풍이 허용하는 한 얼마든지 연장될 수 있는 이 공짜 환대로 튼튼해져서, 길을 나섭니다. 해가 난 이 아침, 산은 끝내줍니다. 더 이상 바람도 없고, 내내 이어지는 내리막을, 샛길을 타기도 하고 건너뛰기도 하면서 몇 킬로미터씩 굴러떨어지듯 내려오면 에이롤로에 도착합니다, 터널의 반대쪽 끝이죠. 거기서부터 알프스 특유의 길이 다시 시작되면서 굽이 돌며 막혀 있는 듯 이어지지만 이번엔 내리막이죠. 티치노주입니다.

고타르에서부터 30킬로미터 이상 눈 덮인 길이 계속됩니다. 30킬로미터를 가야, 조르니코에서 협곡이 약간 트입니다. 여기저기 보이는 포도원들, 듬성듬성 박힌 초지들에서 짚 대용으로 쓰였을 게 분명한 전나무 부스러기나 낙엽들로 조심스레 불을 피웁니다. 길가에 염소들, 잿빛 소들, 까만 돼지들이 줄지어 다닙니다. 벨린초나에는 이 동물들이 대단한 시장을 이룹니다. 고타르에서 약 80킬로미터 거리에 있는 루가노에서 기차를 타고, 쾌적한 루가노 호수에서 쾌적한 코모 호수로 이동합니다. 그다음에는, 다 알려진 여정이죠.

저는 온전히 여러분의 것, 여러분에게 감사를 표합니다. 20여 일 내로 편지를 드릴게요.

여러분의 벗

A. R.

이집트 알렉산드리아, 프랑스 우체국

가족에게 보낸 편지

아덴, 1884년 5월 29일

내 소중한 친지들에게,

사업이 재개될지 아직 모릅니다. 남아달라는 전보를 받긴 했는데, 일이 지지부진하다는 생각이 드는 참입니다. 여기서 실직 상태로 지낸 지 6주가 되었고, 이곳의 무더위 때문에 정말이지 견딜 수가 없어요. 어차피 행복하자고 여기 온 건 아닙니다, 그건 분명해요. 그런데도 이 지역을 뜰 순 없어요, 이제 여기서는 제 안면이 통하니 먹고살 일을 구할 수가 있지만 다른 데선 그저 굶어 죽는 수밖에 없을 겁니다.

그러니 여기 사업이 재개된다면, 아마 몇 년, 이삼 년 정도 기한으로 다시 고용될 겁니다. 86년 아니면 87년 7월, 그때면 저는 서른둘 아니면 서른셋이 되어 있겠네요. 늙기 시작할 테고요. 어쩌면 그때쯤일까요, 그간 모을 수 있을 2만 프랑 정도를 챙겨가지고 귀국해서 결혼을 하는 건요. 그래봤자 거기서 전 늙은이로 보일 테고, 저를 받아줄 건 과부들뿐이겠죠!

151

그래도 제발 그 어느 날이 되어 노예 신세에서 벗어나기만 해도 좋겠네요, 충분한 금리 수입이 있어서 원하는 만큼만 일할 수 있다면!

　하지만 내일 뭐가 어떻게 될지, 그다음에는 또 어떻게 될지 누가 알겠어요!

　지난 몇 년 동안 제가 여러분께 보낸 금액, 다 하면 3천6백 프랑이었는데, 남은 게 전혀 없나요. 남은 게 있다면 알려주세요.

　여러분이 보낸 지난번 책 상자는 도대체 못 받았어요. 어떻게 그게 분실될 수가 있죠?

　제가 가진 돈을 여러분께 부치면야 좋겠지요. 다만 사업이 재개되지 않는다면 저는 여기서 소매업을 해야 할 테고, 그러면 이 자금이 필요하게 될 거에요. 아마 그것도 단기간 내에 바닥나겠죠. 일이 그렇게 돌아가게 되어 있어요. 어딜 가나 그렇고 여기선 특히 그래요.

　서른 살 이후로도 군복무는 남아 있는 건가요. 제가 프랑스에 돌아가면 미필 군복무를 해야 하는 건지. 법령에 따르면, 합당한 사유가 있는 부재시에 군복무는 **유예**가 되고, 따라서 귀환하면 결국 해야 한다는 것 같거든요.

　여러분의 건강과 번영을 기원합니다.

랭보
아덴, 바르데 상사

가족에게 보낸 편지

아덴, 1884년 12월 30일

내 소중한 친지들에게,

12월 12일 자 편지 받았습니다. 번영과 건강을 기원해주신 데 감사드리며, 저 역시 다가오는 한 해 매일매일에 대해 여러분께 같은 기원을 전합니다.

말씀하신 것처럼, 제가 밭갈이를 업으로 삼을 가능성은 전혀 없으니, 그 땅이 임대되는 것에 아무런 이의가 없습니다. 여러분을 위해 땅 임대가 지체 없이 잘 이루어지기를 바랍니다. 집을 남겨 두는 건 언제나 좋은 일이니까요.[1] 거기 여러분 곁에서 쉬러 가는 일로 말하자면, 저야 무척 좋을 겁니다. 사실 쉴 수 있다면 참으로 행복할 텐데, 쉴 기회는 제게 나타날 기미가 없네요. 저는 지금까지 여기에서 먹고살 것을 구해왔어요. 여길 떠나, 대신 제

---

1 랭보의 어머니는 1882년 2월에 랭보 명의로 로슈에 3,800제곱미터의 땅을 매입했는데, 이 시점에서는 그 땅을 임대하여 얼마간의 돈을 융통하지 않으면 집을 팔아야 하는 상황에 처했던 것으로 추정된다.

가 마주하게 될 것이 뭡니까? 저를 아는 사람이라곤 하나 없는 시골, 제가 벌잇거리를 전혀 구할 수 없는 그런 시골에 가서 파묻힌다, 제가 어떻게 그럴 수 있겠어요? 말씀하신 것처럼, 거기엔 쉬러 갈 수 있을 뿐이에요. 그런데 쉬기 위해서는, 금리 수입이 있어야 해요. 결혼하기 위해서도, 금리 수입이 있어야 해요. 그 금리 수입이 제겐 전혀 없어요. 그러니 저는 앞으로도 오랫동안, 제가 먹고살 것을 구할 수 있는 길을 계속 가야 할 영벌을 받은 거지요, 녹초가 되도록 일해서 잠시나마 쉴 방편을 긁어모으게 될 때까지는요.

현재 제 수중에는 만 3천 프랑이 있습니다. 이걸 가지고 프랑스에서 뭘 하라는 말인가요? 그게 저한테 어떤 혼사를 마련해준다는 거지요? 가난하고 정직한 여자들이라면, 세계 어디에나 있어요! 저는 먹고살기 위해 여전히 여행을 해야 할 텐데, 거기에 가서 결혼을 할 수 있겠어요?

어쨌든 저는 서른 해를 상당히 지긋지긋해하면서 보냈고 제가 보기엔 그게 끝날 것 같지 않아요. 어림없는 일입니다. 적어도 더 나아지는 쪽으로 끝날 것 같진 않아요.

어쨌든, 여러분이 좋은 계획을 마련해줄 수 있다면야, 저는 무척 기쁠 겁니다.

여기 사업은 지금 매우 나쁘게 돌아가고 있어요. 재계약을 할 수 있을지, 할 수 있대도 어떤 조건으로 재계약을 할지 모르겠습니다. 전 여기에서 4년 반을 일했고, 급료가 깎이는 건 원치 않아요. 하지만 사업이 매우 나쁘게 돌아가고 있어요.

서너 달 안으로는 여름도 돌아올 테고, 이곳에서의 체류는 다시 끔찍해질 겁니다.

다른 게 아니라 지금 영국인들이 말도 안 되는 정치로 여기 모든 연안 상업을 무너뜨리고 있기 때문이에요. 영국인들은 모든 걸 뜯어고치고 싶어 하더니, 그들이 무너뜨린 이집트인들과 터키인들보다 더 나쁘게 하기에 이르렀어요. 영국인들의 고든은 멍청이고, 그들의 울슬리는 당나귀이고,[2] 영국인들이 벌이는 모든 사업이 터무니없는 부조리와 수탈의 연속이에요. 수단 소식은 우리도 프랑스에서보다 더 잘 알지 못해요. 아프리카에서 오는 사람이 이제 아무도 없고, 모든 게 무너진 상태예요. 아덴 영국 행정부는 거짓말을 늘어놓을 생각뿐이고요. 그렇지만 수단 원정은 성공하지 못할 가능성이 다분해요.

프랑스도 이쪽에 와서 바보짓을 합니다. 한 달 전에 타주라 만[3] 전체를 점령했는데, 그렇게 해서 하라르와 아비시니아[4]로 가는 길머리를 차지하려는 겁니다. 하지만 그 연안 지방 자체는 완전히 황폐해요. 그곳으로부터 내륙 고원(하라르) 쪽으로 들어가야 비로소 건실하고 생산적인, 멋진 고장들이 나오는데, 그렇지 못하면 연안에 들이는 비용은 말짱 허사예요.

---

2   1881년, 수단의 이슬람교 지도자 무함마드 아마드가 구세주 마디를 자칭하며 세를 규합하여 영국에 대항하는 봉기를 일으킨다. 당시 수단 총독 고든은 평정을 시도했으나 실패, 이 편지 한 달 뒤인 1885년 1월에 봉기군에 의해 효수되었다. 이집트 총사령관 울슬리가 그를 돕기 위해 수단으로 향했으나 도착했을 때는 이미 고든과 영국군이 모두 전사한 후였다.
3   타주라 만은 현 지부티 공화국에 속해 있다. 아프리카 내륙으로 들어가기 위한 기점으로 기능했으며, 1884년 프랑스에 할양되었다.
4   아비시니아는 에티오피아의 옛 이름이다. 하라르는 아비시니아의 고지 성곽도시로서 예부터 커피, 가죽 등의 집산지로 기능했으며, 랭보가 중매상으로 자리를 잡은 것도 이곳이다.

마다가스카르도 좋은 식민지인데, 우리 세력권에 떨어지자면 멀었다고 보입니다. 그러면서 통킹⁵에는 수억 프랑을 들이는데, 거기서 돌아오는 사람들 말에 따르면 그 나라는 극도로 빈곤한 데다 갖은 침입을 막아내기가 불가능하답니다.

제 생각에 프랑스만큼 아둔한 식민정책을 펴는 나라는 없습니다. — 영국이 갖은 실수를 저지르고 막대한 비용을 들이기는 해도, 그나마 실질적 이익과 유력한 전망은 확보하죠. 프랑스가 하듯 순전히 손실만 입어가면서 되지도 않을 장소들에 돈을 낭비하는 세력은 또 없을 겁니다.

재계약이 되었는지, 아니라면 뭘 할지, 일주일 이내로 소식 드리겠습니다.

온전히 여러분의
랭보

5   현 베트남 북부. 프랑스는 1873년 제2차 사이공조약 이래 이 지역을 보호령으로 두었으나, 현지인들의 저항 및 청나라의 개입으로 인해 식민지 개발에 난항을 겪고 있었다.

가족에게 보낸 편지

아덴, 1885년 1월 15일

내 소중한 친지들에게,

1884년 12월 26일 자의 여러분 편지 받았습니다. 보내주신 기원 감사합니다. 여러분의 겨울이 짧기를, 행복한 한 해가 되시기를. 저는 이 더러운 나라에서 여전히 잘 지내고 있습니다.

한 해 더, 즉 85년 말까지 재계약을 했습니다만, 이번에도 그 기한 전에 사업이 중단될 수 있습니다. 이쪽 나라들은 이집트 사태[1] 이후 상황이 무척 나빠졌어요. 제 계약 조건은 그대로입니다. 한 달 순수입이 3백 프랑이고, 거기 더해 제 경비가 지불되는데 그게 또 한 달에 3백 프랑입니다. 그러니까 이 일은 연봉 약 7천 프랑짜리인 셈이고, 그중 한 해 끝에 가서 제게 남는 순수입은 약 3천5백에서 4천 프랑이에요. 제가 무슨 자본가라고 생각하지는

---

[1] 1882년 6월 알렉산드리아에서 유럽인들을 대상으로 한 학살 및 약탈 사건이 발생하고, 이를 빌미로 영국 군대가 개입하여 이집트의 민족주의 세력을 진압한다. 이때 이집트는 영국에 자국 통치권뿐만 아니라 옛 식민지들에 대한 권리도 넘겨주는데, 거기엔 랭보가 있던 하라르 역시 포함되어 있었다.

마세요, 지금 저한테 있는 전 자본이 만 3천 프랑이고, 올해 말이 되면 약 만 7천 프랑이 될 겁니다. 5년 일해서 모으게 될 것이 그 금액입니다. 하지만 다른 데서 제가 뭘 하겠어요? 일하면서 살 수 있는 곳에서 참고 견디기를 잘한 거예요. 그도 그럴 것이, 다른 데서 제게 무슨 전망이 있겠어요? 하지만 그래봤자 똑같죠. 한 해 한 해 지나가는데 모아들이는 건 없고, 제가 이쪽 나라에서 금리 수입으로 살아갈 날은 절대 오지 않을 거예요.

여기에서 제 일은 커피를 사들이는 것입니다. 한 달에 약 2십 만 프랑어치를 사들여요. 1883년에는 한 해 동안 3백만 프랑 이 상을 구매했고, 그에 대한 제 이익이라봐야 가련한 봉급, 연봉 3천 프랑 4천 프랑이었으니, 보시다시피 고용된 일자리의 보수 란 어디서나 박합니다. 예전에 일했던 회사가 9십만 프랑을 날 린 건 사실이지만, 그게 아덴 사업 때문은 아니었어요. 아덴에 서 이문은 못 남겼어도 손해를 보진 않았거든요. 저는 다른 것들 도 구매합니다. 고무, 향, 타조 깃털, 상아, 말린 가죽, 정향 등등, 등등.

여러분께 제 사진을 보내지는 않겠습니다. 쓸데없는 일체의 경 비 지출을 애써 피하고 있으니까요. 게다가 제 옷차림은 언제나 볼품없고요. 여기선 굉장히 가벼운 면직물들만 입을 수 있으니 까요. 여기서 몇 년 지낸 사람들은 더 이상 유럽에서 겨울을 나지 못합니다, 폐렴 같은 걸로 즉시 죽을 거예요. 그러니까 제가 돌아 간대도 절대 여름 한 철뿐일 거고, 겨울에는 어쩔 수 없이 적어도 지중해까지는 내려가야 할 거예요. 어찌 되든 간에, 제 방랑벽이 덜해질 거라는 기대는 마십시오. 오히려, 일을 하고 생활비를 벌기 위해 어딘가 체류할 필요 없이 여행할 수만 있다면, 제가 같은 장소에서 두 달 이상 모습을 비출 일은 없을 거예요. 세계는 엄청나게 넓고, 멋진 고장들로 가득해요. 거길 다 가보려면 천 명분의 삶도 모자랄 거예요. 하지만 다른 한편, 비참한 상태로 방랑을 하고 싶진 않아요. 몇천 프랑가량 금리 수입이 있어서 한 해를 각기 다른 두세 고장에서 보낼 수 있었으면 좋겠어요. 검소하게 살면서, 경비 마련을 위한 자잘한 거래나 하면서요. 반면에 같은 장소에서 계속 사는 것은, 언제나 저한텐 무척 불행한 삶으로 여겨질 겁니다. 하기야 십중팔구로 원치 않는 곳에 도리어 가게 되고, 하고 싶지 않은 것을 도리어 하게 되고, 원했던 것과는 전혀 다르게 살다가 세상을 뜨게 되는 거겠지요, 뭐가 됐든 보상의 희망은 없이.

코란이라면 오래전, 딱 1년 전에 하라르에서 벌써 받았어요.[2] 다른 책들은 사실 팔려버린 것 같아요. 책을 몇 권 부쳐달라고 하고 싶지만, 그것 때문에 이미 돈을 허비했어요. 그렇지만 제게 소일거리가 전혀 없긴 해요, 신문도 도서관도 없고, 야만인들처럼 사는 이곳이다 보니. 편지를 보내서 문의해주세요, 아셰트 서점이었던 것 같은데, 《기요맹 상업 항해 사전》의 **가장 최근 판본이** 언제 것인지. ― 1880년 이후의 최근 판본이 있으면 제게 보내주셔도 좋습니다. 두꺼운 두 권짜리 책이고, 백 프랑은 나갈 테지만 소통 서점에 가면 할인된 가격으로 구할 수 있어요. 그렇지 않고

---

2 랭보는 1883년 10월 7일자 가족에게 보낸 편지에 아셰트 출판사 앞으로 보내는 편지를 동봉하여 "코란의 가장 좋은 프랑스 번역(있다면 아랍어 텍스트 대역본으로)"을 주문했다.

옛날 판본들밖에 없다면, 필요 없습니다. — 그에 대해선 제 다음 편지를 기다려주세요.

여러분의 충실한
랭보

누이동생 이자벨에게
보낸 편지

마르세유, 1891년 7월 15일

내 소중한 이자벨에게,

네 13일 자 편지를 받고서 곧바로 답해야겠다 싶어 쓴다. 네가 보낸 이 담당사령관 의견서와 병원 진단서를 가지고 어떤 조치를 취할 수 있을지 알아보겠다. 이 문제가 해결되면 물론 기쁘겠다만, 슬프게도! 그 일을 처리할 방법이 없구나, 하나뿐인 다리에 신발 꿰차는 것도 겨우 하는 나로서는 말이다. 뭐, 할 수 있는 대로 해볼 요량이다. 어쨌든 두 문서가 있으니 감옥에 갈 위험은 이제 없겠지. 불구자라도 군무국이 수감하는 수가 있거든, 병원에라도 말야. 그건 그렇고 프랑스 귀국 신고는, 누구한테 어디에서 하는 거지? 알려줄 만한 사람은 주위에 전혀 없고, 내가 이 나무다리를 하고 관청에 알아보러 갈 날은 멀기만 하다.

밤낮으로 갖가지 이동 수단들을 고려해본다. 그게 진짜 고문이야! 이런저런 것을 하고 싶고, 여기 또 저기를 가고 싶고, 보고 싶고, 살고 싶고, 떠나고 싶은데, 불가능해. 오랫동안 불가능할 테지,

영영 불가능한 게 아니라면 말이지만! 내 곁에 보이는 건 저 저주
스러운 목발 두 짝뿐, 저 막대기들 없이는 단 한 발자국도 내디딜
수 없고, 생활할 수가 없으니. 옷 입을 때마저도 매번 지독한 곡
예를 해야 해. 지금은 목발을 짚고 거의 뛰다시피 할 수 있게 되
었지만, 계단은 오르내리지 못해. 게다가 지면이 고르지 않기라
도 하면, 양쪽 어깨 높낮이 차이 때문에 엄청 힘들어져. 오른쪽 팔
이랑 어깨에 심한 신경통이 있는데 그 와중에 목발이 겨드랑이를
톱질해대는 거지, — 왼쪽 다리에도 신경통이 있고, 이 모든 것과
함께 온종일 재주넘기를 해야 해, 사는 시늉이나 내자고 말이야.

　내가 생각해본 바, 결국 병의 원인은 다음과 같다. 하라르는
11월부터 3월까지 날씨가 추워. 나야 습관대로 거의 옷을 안 입
고 지냈지, 그냥 삼베 바지에 면 셔츠밖엔. 거기다가 하루에 15 내
지 40킬로미터를 걸어다니고, 말을 타고 가파른 산악 지방을 미
친 듯이 돌아다녔지. 피로로, 또 열기와 냉기로 인한 관절염이 무
릎에서 진행되었던 것 같다. 사실 슬개골 아래로 느껴지는 (말하
자면) 망치질 같은 것이 시작이었지, 매분마다 오는 가벼운 두드
림이었어. 그리고 엄청나게 뻑뻑한 관절, 허벅지 신경 수축. 그다
음에는 무릎 주위 혈관들이 죄다 부어올라서 정맥류인가 싶었지.
나는 그저 찬바람에 생긴 통증이겠거니 생각하고 여전히, 그 어
느 때보다 더 엄청나게 걷고 일했어. 그 뒤에는 무릎 내부의 통증
이 심해졌어. 한 걸음 걸을 때마다 무릎 옆으로 징이 박히는 것 같
았다. — 더 큰 통증을 느끼면서도 나는 여전히 걸어다녔고, 특히
말을 타고 다녔지, 내릴 때는 거의 매번 불구 상태가 되고. — 그
다음엔 무릎 위쪽이 부어올랐고, 슬개골은 퉁퉁해지고 오금도 뻣

뻣하게 굳어 있었어. 돌아다니기가 힘들어지고 통증이 발목과 허리까지 신경을 뒤흔들었다. — 이젠 심하게 다리를 절면서 걸을 수밖에 없었고 상태가 점점 더 나빠지기만 했는데, 여전히 일이 많았지, 어쩔 수 없이. — 그때부터 다리에 위부터 아래까지 붕대를 감고 다니기 시작했다. 마사지며 목욕 등등을 해봤지만 효과는 없었어. 그사이 식욕을 잃어갔지. 고질적인 불면이 시작되었고. 무척 쇠약해지고 살이 많이 빠졌지. — 3월 15일경 누워 지내기로, 적어도 수평 자세는 유지하면서 지내기로 결심했어. 계산대와 장부철과 창문 사이에 침대 하나를 들여놓았고, 그 창문으로 마당 귀퉁이에 있는 저울을 지켜볼 수 있었지. 자리에 누운 채로, 적어도 아픈 다리는 뻗은 채로 일이 되게 하자니 더 많은 사람들에게 돈을 지불해야 했지. 그런데 하루하루가 갈수록 무릎 부종이 더 심해져서 공 모양이 되어갔고, 정강이뼈 상단 안쪽이 다른 쪽 다리보다 훨씬 비대해져 있는 것을 보았지. 슬개골은 무릎 부종을 일으키는 고름에 파묻혀 꿈쩍도 않게 되었는데, 그 고름이 며칠 만에 뼈처럼 단단해지는 걸 보면서 경악했어. 이때에는 다리 전체가 뻣뻣하게, 완전히 뻣뻣하게 굳었고, 일주일이 지나자 화장실조차 몸을 바닥에 끌면서 다니게 되었고. 그러는 동안 다리와 허벅지 위쪽은 계속해서 여위어갔어. 무릎과 오금은 계속 부어오르면서 경화되고, 아니 차라리 **골화**된달까, 신체적 정신적 쇠약은 점점 심해졌다.

3월 말, 나는 떠나기로 마음먹었다. 며칠 만에 모든 것을 적자로 팔아치웠어. 다리 경직과 통증 때문에 노새나 낙타를 탈 수 없었으니까, 휘장을 친 들것을 만들게 했고, 그걸 열여섯 명이 들고 제일라[1]까지 두 주에 걸쳐 날랐지. 여행 두 번째 날, 나는 상인들 무리를 훌쩍 앞질러 가던 차였는데 외진 곳에서 비를 만나는 바람에 열여섯 시간을 빗속에 누워 있어야 했어, 피할 곳도 없고 몸을 움직일 수도 없으니까. 그게 무척 해가 되었어. 길을 나섰을 땐 다신 들것에서 몸을 일으킬 수 없게 되어서 사람들이 나를 내려놓은 바로 그 자리에 텐트를 쳐줬지. 용변을 보러 가는 것도, 들것 가장자리 가까운 곳에 내 손으로 구멍을 파서 어렵사리 몸을 약간 옆으로 꺼낸 다음 그 구멍에 용변을 보고 흙으로 덮었다. 아침이 되면 사람들이 내 위로 친 텐트를 걷고 나를 실어갔지. 제일라에 도착했을 땐 완전히 기력을 잃고 마비된 상태였다. 거기서 고작 네 시간을 쉬었어. 아덴행 증기선이 떠날 참이었거든. 매트에 뉘인 채 갑판 위로 던져졌고(승선도 들것에 실린 채 끌어올려지는 식으로만 할 수 있었지!) 바다 위에서 사흘 동안 먹지도 못하고 앓아야 했어. 아덴에서 다시 들것에 뉘인 채 하선. 그 후 티앙[2] 씨 집에서 업무 정산을 하느라 며칠을 보낸 뒤 병원으로 갔고, 거기 있던 영국인 의사가, 2주일이나 지난 뒤에, 얼른 유럽으로 가는 게 좋겠다고 했다.

확신하건대 그 관절 통증은, 초기부터 잘 치료했다면, 쉽게 가라앉았을 테고 후유증도 없었을 거다. 하지만 난 그런 것에 무지했지. 과도하게 걷고 일하려는 고집으로 모든 걸 망친 건 나야. 왜 중학교에선 의학을 가르치지 않는 거지? 적어도 그런 바보짓을 저지르지 않으려면 각자 약간은 의학을 알아야 하는데 말이야.

---

1 소말리아 북부 항만도시. 하라르에서 제일라까지의 거리는 약 4백 킬로미터이다.
2 아덴의 커피 상인. 1888년부터 랭보와 거래했다.

누군가가 이런 경우에 내 조언을 구한다면, 나는 이렇게 말할 거야. 당신은 이 지경에 이르렀소. 하지만 절단 수술은 절대 하지 마시오. 베고, 찢고, 조각내라 하시오, 하지만 절단하는 것은 허락하지 마시오. 그래서 죽게 된다면, 그래도 부족한 수족으로 사는 삶보단 나을 것이오. 게다가 그건 많은 사람들이 벌써 했잖소. 나 역시 다시 할 수 있다면 그렇게 할 거요. 수족이 잘리느니, 영벌 받은 신세로 일 년간 고통스러워하는 게 낫소.

자, 절단 수술의 멋진 결과를 보시오. 나는 앉아 있소, 그리고 이따금씩 일어나서 목발을 짚고 백 걸음 정도 깡충거리고, 다시 앉는 거요. 두 손엔 아무것도 들 수 없소. 걷는 동안에는 하나뿐인 발과 목발 끝에서 시선을 돌릴 수 없소. 머리와 어깨가 앞으로 기울어지니까, 당신은 꼽추처럼 구부정해진다오. 온갖 사물들이며 사람들이 주위에서 움직이는 걸 보면서 당신은 벌벌 떨 것이오, 걸려 넘어져 남은 발모가지까지 부러뜨릴까봐 무서워서. 당신이 깡충거리는 걸 보면서 사람들은 히죽거린다오. 다시 앉으면, 양손은 후들거리고 겨드랑이는 톱에 썰린 듯하고, 얼굴은 천치상이오. 다시금 절망이 당신을 사로잡아서, 온몸이 불구인 양 앉아만 있을 것이오, 훌쩍거리며 밤을 기다리면, 밤이 와서 한결같은 불면을 가져다주고, 아침은 전날보다 더 처량할 것이고, 기타 등등, 기타 등등. 다음 호에서 계속.

내 모든 희원을 담아.

랭보

어느 해운 회사 사장에게
보내는 편지

[마르세유, 1891년 11월 9일]

짐 하나 : 이빨 1개

짐 하나 : 이빨 2개

짐 하나 : 이빨 3개

짐 하나 : 이빨 4개

짐 하나 : 이빨 2개

사장님께

사장님 앞으로 내가 남겨놓은 것이 없는지 문의하고자 편지를
씁니다. 오늘 나는 배편을 변경하고자 하는데, 해당 배편 이름조
차 알 수 없지만, 여하튼 아피나르 배편이었으면 합니다. 모든 수
송편들이 거기 어디에나 있지만, 나는 신체부자유자라 아무것도
찾아낼 수 없는 불행한 처지임을 거리에서 마주치는 어떤 개라도
말해줄 수 있을 겁니다. 그러니 수에즈행 아피나르 배편들의 운
임을 알려주십시오. 저는 완전 마비 상태입니다. 그러므로 일찌

감치 승선해 있고자 하니, 몇 시에 선상으로 옮겨져야 할지 말해 주십시오.[1]

편지 해설

1870년 초, 샤를빌 — 조르주 이장바르에게 남긴 메모

이장바르의 하숙집에 랭보가 남겨 놓은 쪽지다. 이장바르의 기억에 따르면 1870년 2월에서 4월 사이에 자신이 학생들에게 내주었던 과제, 〈프랑수아 비용의 사면을 청하기 위해 샤를 도를레앙이 루이 11세에게 보내는 편지〉 작문을 위해 랭보가 요구했던 참고서 목록이다. 제목들에서 얼마간 짐작할 수 있듯이, 비주류적이고 특수한 주제를 다룬 역사서들이다.

1870년 5월 24일, 샤를빌 — 테오도르 드 방빌에게 보낸 편지

파르나스는 아폴론과 뮤즈의 거처인 파르나소스산을 가리키는 프랑스어로, 1866년에 창간된 《현대 파르나스》지가 대표하는 시적 경향(예술과 현실의 격절, 유미주의, 고대 취향)을 가리키는 명칭이 되었다. 파르나스파는 낭만주의와 대립한 것으로 여겨지지만 그 수장들인 고티에, 르콩트 드 릴, 방빌은 낭만주의 전성기부터 활약한 문인들이며, 랭보가 파르나스파를 1830년대의 낭만주의와 연결 짓는 것은 그 때문이다. 《현대 파르나스》에는 보들레르, 베를렌, 말라르메 등의 작품 또한 실렸으며, 랭보는 이장바르가 구독하던 이 잡지를 통해 동시대의 전위에 해당하는 시들을 접할 수 있었다.

　방빌은 1870년을 전후한 파리 문단에서 실질적으로 가장 영향력이 있는 시인이었고, 성품 또한 너그러워서 젊은 시인들에게 많은 도움을 주었다. 1871년 파리에 상경한 랭보에게 잠시 묵을 곳을 내어주기도 했는데, 그때 랭보가 옷을 밖으로 내던지고 벌거벗은 모습으로 창문가에 나타나 이웃들이 경악했다는 일화가 방빌에게서 말라르메를 통해 전해진다.

방빌은 이 편지에 답을 한 것으로 보이나(1871년 8월 15일 방빌에게 보낸 편지 참조), 그 편지는 남아 있지 않다. 랭보의 시는 잡지에 실리지 않았다.

1870년 8월 25일, 샤를빌 — 조르주 이장바르에게 보낸 편지

1870년 7월 18일, 방학을 맞은 이장바르는 샤를빌을 떠나 고향 두에로 휴가를 떠났다. 다음 날인 7월 19일, 프랑스가 프로이센에 전쟁을 선포하면서 보불전쟁이 시작되었다. 전황은 프로이센군의 압도적 우위로 흘러갔고, 벨기에 쪽 국경에 위치한 샤를빌과 메지에르에도 전쟁의 위기감이 고조되고 있었다.

편지 후반부에서는 랭보가 닥치는 대로 읽는 온갖 장르의 책들이 나열된다. 그중 눈에 띄는 것은 베를렌의 이름인데, 《페트 갈랑트》(1869)는 그의 두 번째 시집이다.

1870년 9월 5일, 파리 — 조르주 이장바르에게 보낸 편지

1870년 8월 29일에 랭보는 책을 판 돈으로 첫 가출을 감행했다. 샤를빌에서 파리로 가는 선로가 프로이센군에 의해 막혀 있었으므로 일단 벨기에 국경을 넘는 기차를 타고 샤를루아에 가서 하루를 보낸다. 거기서 다시 파리로 향하려 하지만 운임이 부족했던지, 중간 지점인 생캉탱까지만 갈 수 있는 차표를 사서 기차에 올라탔다가 파리 스트라스부르역(현 동역)에서 검표원에게 붙들려 경찰에 넘겨진다. 8월 31일에 "거주지도 생계비도 없는 17세 반 된 랭보 군"을 유치장에 구금했다고 보고하는 파리 경찰청 기록보관소의 문서를 보건대, 랭보는 어머니가 있는 집 주소를 대지 않았고, 나이 역시 올려 말했다. 전시의 파리에서 갖가지 이유로 체포된 피의자들과 함께 재판을 받은 랭보는 이내 마자스 감옥에 수감된다.

이장바르는 랭보의 부탁대로 체불 운임을 보내주었으며, 또한 편지에 귀환 여비를 동봉하여 랭보가 샤를빌의 집 혹은 자신이 있는 두에로 올수 있도록 했다. 샤를빌 철로선이 막혀 있었으므로 랭보는 9월 초 이장바르의 집, 정확히는 이장바르의 이모들이 사는 쟁드르가에 도착하여 얼마간 지내게 된다.

1870년 9월 말, 두에 — 폴 드므니에게 남긴 메모

아들을 당장 데리고 오라는 랭보 어머니의 성화 어린 편지가 이장바르에게 도착하면서 두에에서의 첫 번째 체류가 끝나게 되었을 때 랭보가 드므니 집에 가서 남긴 메모이다.

예술서적 사에서 나온 드므니의 첫 시집 《이삭 줍는 여인들》은 1870년 8월 25일 및 1871년 7월 12일의 편지에서 다소 경멸조로 언급된다. 이를 미루어볼 때, 랭보는 드므니를 높이 평가했다기보다는 예술서적 사 편집장과 친했던 그를 통해 자신도 시집을 출판할 수 있으리라고 기대했던 것으로 보인다.

1870년 11월 2일, 샤를빌 — 조르주 이장바르에게 보낸 편지

10월 초, 두 번째 가출을 감행한 랭보는 벨기에 곳곳을 도보로 여행한 뒤 두에에 있는 이장바르의 집으로 가서 다시 스무 날쯤을 보낸다. 랭보를 찾았다는 이장바르의 연락에, 랭보 어머니는 이번엔 여비를 주거나 직접 데려다줄 것도 없이 경찰에게 아들의 송환을 맡기라고 답한다. 이에 따라 11월 1일 랭보는 혼자 두에를 떠나고, 이후 샤를빌 집에 도착했음을 알리며 근황을 전하고자 이 편지를 쓴 것으로 보인다.

편지 두 군데에서 랭보는 인용 부호를 사용한다. "보고 있기 딱한"이란 표현은 랭보의 어머니가 아들의 못마땅한 행태를 두고 습관처럼 내뱉던 말일 것이다. 편지 말미에 자기 이름에 붙인 "무정"이라는 수식어는 이장바르의 표현을 빌린 것으로 추정된다. 어머니의 처사에 격분하며 상스러운 말을 뱉어내는 랭보에게 "정말이지 가끔 보면 네겐 심성이라는 게 없다는 생각이 든다"라고 말한 적이 있다고 이장바르는 회고한다.

1871년 4월 17일, 샤를빌 — 폴 드므니에게 보낸 편지

1870년 11월부터 1871년 4월 사이, 현재 남아 있는 랭보의 편지는 없다. 그사이 전쟁이 계속되었다. 1870년 12월 31일, 메지에르가 폭격을 당한다. 5백여 가구 중 3백 채 이상의 집들이 파괴되었는데, 랭보의 친구 들라에의 집도 그중 하나였다. 1871년 1월, 프로이센군이 함락된 샤를빌과 메지에르를 점령하고, 수도 파리는 포위되어 폭격을 받는다. 1월 28일 정부가 항복을 선언하고, 2월 26일 휴전협정이 체결되지만 파리 시민들은 굴욕적인 휴전 조약을 거부하며, 3월 18일 정부에 대항하여 파리코뮌을 수립한다.

　샤를빌에서는 2월부터 시청에서 임시로 학교 수업이 재개되지만, 랭보는 등교를 거부하며 세 번째 가출을 감행하여 파리로 간다. 하지만 그의 '파리 얘기'는 포위된 도시의 전황이 아니라 각종 출판물 소식으로 이루어진다. 나열되는 제목에서 패전으로 고취된 애국주의가 드러나며, 《현대 파르나스》에 실린 몇몇 이름이 눈에 띄지만 대부분은 이제 잊힌 작가들이다.

1871년 5월 13일, 샤를빌 — 조르주 이장바르에게 보낸 편지

1871년 4월부터 샤를빌 중학교에서 정식으로 수업이 재개되지만 랭보는 여전히 등교를 거부한다. 5월 13일, 그는 근황과 함께 시에 대한 새로운 생각을 이장바르에게 편지로 써 보낸다. 이 편지는 드므니에게 보낸 1871년 5월 15일자 편지와 함께 '투시자의 편지'로 불린다.

이장바르는 랭보가 보낸 시를 패러디하여 다음과 같은 답장을 보냈다고 한다.

군이 미쳤다고 말하고 싶진 않습니다, 그건 군을 띄워주는 노릇이 될 테니까요. 하지만 군이 성말로 그렇게 되었다고 생각한다면 나로서는 부조리해진다는 것이 오히려 뭇사람의 수준으로 떨어지는 일임을 군에게 증명해 보이고 싶습니다.

악취나는 자들의 뮤즈

보이니, 침투성이 부르주아가 속이 뒤틀려
기겁하며 자기 계산대에 틀어박혀
연체동물마냥 들러붙어 있는 것이?
보이니, 속이 뒤틀린 침투성이 부르주아가,
그리고 에트루리아 화병에 눈을 박은 그의 경찰이?
우린 그들의 목에 창자 훈장을 걸어줄 테지.
보이니, 침투성이 부르주아가 속이 뒤틀려
기겁하며 자기 계산대에 틀어박히는 것이?

바야흐로 부패물의 시대가 도래했으니,
문둥이들이 검역소에서 나온다…
오 추함의 꽃들이여, 번쩍거리는 오물들이여,
바야흐로 부패물의 시대가 도래했으니…
그때, 곳곳에 솟은 허섭스레기 산을 파헤치며
우리는 새끼 돼지들의 호산나를 노래할 테지.
바야흐로 부패물의 시대가 도래했으니,
문둥이들이 검역소에서 나온다…

알겠지요, 굉장히 간단합니다. 최대한 횡설수설한 생각들, 최대한 잡다한 단어들을 취해서 그것들을 어떻게든 접합시키면, 그 교배에서 만들어진 감미로운 태아 하나가 산달이 차기도 전에 태어나고, 군은 그걸 전용 유리병에 담아 정성껏 라벨을 붙이는 거지요… 주의하십시오, 군의 **투시자** 이론과 함께 군 자신이 유리병에 보존된 박물관 괴물이 되어버리지 않도록.

1871년 5월 15일, 샤를빌 — 폴 드므니에게 보낸 편지

우체국 소인으로는 이장바르에게 쓴 13일 자의 편지가 먼저 송부되었지만, 비슷한 내용이 보다 상세하고 정연하게 전개된 이 편지가 먼저 작성되었다고 추정된다.

편지 말미의 언급에도 불구하고, 랭보는 파리에 가지 않은 것으로 추정된다. 편지가 쓰인 날짜에서 얼마 지나지 않은 5월 21일, 베르사유 정부군이 파리에 입성하고 이후 28일까지, 이른바 피의 주간이라 불리는 일주일 동안 약 2만 내지 2만 5천 명의 사망자를 내며 파리코뮌이 가차 없이 진압된다.

1871년 6월 10일, 샤를빌 — 폴 드므니에게 보낸 편지

드므니는 5월 15일의 투시자 편지에 아무 반응을 보이지 않았던 것 같다. 랭보는 세 편의 시를 다시 보내며 답을 재촉한다. 그중 〈어릿광대의 마음〉은 전달 이장바르에게 보냈던 시에서 몇몇 구두점과 단어만 살짝 수정한 것이다.

1870년 9월 및 10월 두 차례의 두에 체류 때 랭보는 자기 시 22편을 정서하여 드므니에게 맡겼다. 그 시들을 태워달라고 부탁하면서, 랭보는 전년도에 쓴 시와 이제부터 쓰일 시 사이에 분명한 경계선을 긋는다. 랭보의 부탁에도 불구하고 원고철은 태워지지 않고 남아 랭보 초기 시의 중요한 자료가 된다.

르메르 출판사 주소로 보낸 이 편지에서 랭보는 자기 시를 장 에카르에게 헌정하여 옮겨 적은 뒤 별다른 언급 없이 시집을 한 권 보내달라는 메시지만 덧붙인다. 이 편지는 여러 점에서 의아하다. 우선, 랭보는 불과 한 달 전 5월 15일 자 편지에서 에카르를 "풋내기 류", 즉 대단할 것 없는 시인 중 하나로 분류했다. 게다가 동봉된 시 〈넋 나간 아이들〉은 6월 10일 자 편지에서 드므니에게 불태워달라고 부탁한 시들 중 하나다. 마지막으로, 지인의 주소를 빌리지 않고 자기 집 주소를 적었다는 점 역시 눈여겨볼 만하다.

장 에카르로부터 답은 없었던 것으로 보인다. 랭보와 베를렌이 그려진 팡탱라투르의 〈테이블 구석〉에서 에카르의 모습을 볼 수 있다(서 있는 세 사람 중 오른쪽 첫 번째).

1871년 7월 12일, 샤를빌 — 조르주 이장바르에게 보낸 편지

이장바르에게 보내는 마지막 편지이다. 이장바르의 근황과 자신의 답답한 처지를 비교하는 짧막한 서두를 제외하면, 나머지 대부분의 내용은 밀린 책값을 조달하기 위한 부탁들이다. 열거된 책들은 대개 1871년 당시의 신간 도서들로, 방빌의 시집을 빼면 오늘날에는 거의 잊힌 작품들이며, 그중 드므니의 시집 《이삭 줍는 여인들》이 눈에 띈다. 1870년 마자스 감옥에서 쓴 애원의 편지가 강압적일지언정 절박했다면, 이 편지의 호소는 냉담하고 거의 뻔뻔스럽다. 이장바르는 이 편지를 받고 랭보에게 40프랑을 보내주었다고 회고한다.

1871년 8월 15일, 샤를빌 — 테오도르 드 방빌에게 보낸 편지

'테오도르 드 방빌 씨에게'가 시 제목 앞에 씌어 있어, 시를 헌정한 것인지 편지 수신인을 표시한 것인지 분명치 않다. 이 모호함은 의도된 것일

가능성이 높다.

랭보가 사용한 필명 알시드 바바에서 '알시드Alcide'는 '강한 자', '용감한 자'라는 뜻으로, 헤라클레스에게 붙는 수식어이다. '바바Bava'는 동사 '침 흘리다Baver'의 단순과거형이다. 즉, '용감한 헤라클레스가 침 흘렸다'라는 의미로 해석된다.

이 편지에 방빌이 어떻게 반응했는지에 대해서는 알려진 바가 없다.

1871년 8월 28일, 샤를빌 — 폴 드므니에게 보낸 편지

남아 있는 편지 중에서 폴 드므니에게 보낸 것으로는 이 편지가 마지막이다. 랭보는 이제 그에게 시를 받아볼 생각이 있냐고 물을 뿐 굳이 시를 보내지는 않는다. 대신 실생활 문제를 털어놓으면서, 파리에서 일자리를 찾을 수 있는 방법을 문의한다. 어린 시인에게 먹고사는 문제란 해결 방안을 상상하거나 알아보는 것부터가 어려운 난제였을 것이다. 또한 어리다는 이유로 랭보의 결심들이 자주 진지하게 받아들여지지 않았음을 짐작할 수 있게 해주는 편지이기도 하다.

1871년 8월, 샤를빌 — 폴 베를렌에게 보낸 편지 (부분)

현재 남아 있지 않은 이 편지는 베를렌의 전처 마틸드 모테의 회고록에 인용된 내용을 따른 것이다. 파리로 상경하고자 도움을 청하는 랭보에게 베를렌은 8월 말 혹은 9월 초에 초대 답장과 함께 차비를 보냈다. 랭보의 친구 들라에는 그 답장을 다음과 같이 인용한다.

오십시오, 위대한 영혼이여, 우리는 당신을 부릅니다, 우리는 당신을 기다립니다.

랭보가 파리에 머문 1871년 9월부터 1872년 6월까지, 랭보의 편지 중 남아 있는 것은 없다. 다만 주변 사람들의 편지나 증언을 바탕으로 파리에서의 삶을 띄엄띄엄 재구성할 수 있을 따름이다. 1871년 10월 5일 레옹 발라드가 에밀 블레몽에게 보낸 다음의 편지가 그중 하나로, 방빌이 주최하는 젊은 시인들의 모임 '야비한 작자들Vilains Bonshommes'에서 랭보가 시를 낭송했을 때의 분위기를 생생하게 전한다.

끔찍한 '작자들'의 저번 저녁 식사 모임에 빠지다니, 자네 손해가 막심하네… 그 자리에서 열여덟도 안 된 **무서운** 시인 하나가, 그를 발견해낸 베를렌과 센강 좌안 세례자로 활약한 나의 후원을 받으며 선보여졌지. 아르튀르 랭보라는 이름이야. 커다란 손에 커다란 발, 완전히 **아이 같은**, 열세 살짜리한테나 어울릴 법한 얼굴, 깊고 파란 눈에 소심하다기보단 길들여지지 않은 성격, 뭐 그런 소년인데, 그의 상상력이 충만한 강력함과 전대미문의 타락들로 우리 친구들 모두를 매혹시켰달까, 질리게 만들었달까. "설교사가 쓰기엔 너무나 멋진 주제로구먼", 수리가 외쳤지. 데르비이 왈, "율법교사들 가운데 예수로구먼." 그러자 "저건 악마지!"라는 게 메트르의 선언이었어. 그걸로 나는 새로이, 더 나은 표현을 만들어냈지. 율법교사들 가운데 악마!
    내 자네한테 우리 시인의 전기를 들려주진 못하네. 다만 그가 샤를빌에서, 고향도 가족도 다시 보지 않겠다는 굳은 결심을 갖고 왔다는 걸 알아두면 되겠네. — 오게나, 그가 쓴 시를 보고, 자네가 판단하게. **운명**이 마련해놓곤 하는 돌멩이가 머리에 떨어지지 않는 한, 그야말로 떠오르는 **천재**일세. — 이건 내가 이미 3주 전에 내렸던 판단을 냉정하게 표현한 것이고, 그저 한순간의 열광이 아니라네.

레옹 발라드와 에밀 블레몽 역시 팡탱라투르의 〈테이블 구석〉에 그려져 있다. 앉은 사람 중 좌측에서 세 번째가 발라드, 서 있는 사람 중 좌측에서 두 번째가 블레몽이다.

1872년 4월, 샤를빌 — 폴 베를렌에게 보낸 편지 (부분)

1871년 8월 편지와 마찬가지로 원본은 남아 있지 않으며, 마틸드 모테의 회고록에 인용된 텍스트를 따른 것이다. 랭보는 몇 개월간의 파리 생활을 접고 샤를빌에 돌아왔다. 각종 증언을 통해 추정되는 정황은 다음과 같다. 랭보의 무례하고 비상식적인 언행들로 인해 파리 문인들의 찬탄은 금세 경악 내지 역정으로 변했다. 지나치게 가까운 베를렌과 랭보의 관계를 놓고 입소문이 도는 한편, 음주벽이 되살아난 베를렌은 술 취한 상태에서 아내에게 폭력을 가하는 지경에 이른다. 랭보 쪽에서도, '야비한 작자들'의 모임에 가끔 참석하면서 그중 더 반항적인 예술가들의 동아리인 '쥐티스트'들의 모임 장소에 한동안 기숙하기도 하지만 파리의 문인들에 대한 실망과 환멸은 깊어져가고, 급기야 3월에는 '야비한 작자들'의 모임에서 에티엔 카르자와 시비 끝에 지팡이 칼로 그에게 찰과상을 입히는 난동을 부리기도 한다. 그즈음 마틸드와 별거하게 된 베를렌은 랭보를 샤를빌로 돌려보내지 않을 수 없게 된다. 아래의 편지는 베를렌이 랭보에게 보낸 것으로, 위의 편지 얼마 전에 쓰인 것으로 추정된다.

[파리, 1872년 3월]

랭보에게,

네 편지는 고마웠고, 네 "기도"에는 호산나! 물론, 우리는 다시 만날 거야!

언제? — 조금만 기다려! 해야 할 일들은 까다롭고! 나긋한 기회는 좀처럼 없고! — 그러라지! 이놈들이나 저놈들이나 똥 처먹으라지! 나도 똥 처먹으라지! — 또 너도!

그래도 네 "못 쓴"(!!!) 시들, 네 기도(!!!)들을 보내줘. — 항상 나와 소통해줘, — 내 집안일이 정리된 뒤, 상황이 더 나아지길 기다리면서. — 편지해, 빠른 시일 내에, — 브르타뉴를 통해서, — 샤를빌의 브르타뉴를 통해서건, 낭시의 브르타뉴를 통해서건. 뫼르트, 메르비넬가 11번지, 오귀스트 브르타뉴.

— 그리고 절대 내가 너를 놓아 보냈다고 생각하지 말 것. — 리멤버!

메멘토!

너의

P. V.

그리고 어서 편지 써줄 것! 네 옛날 시들이랑 새로운 기도들도 보내줄 것. ─ 그럴 거지, 랭보?

1872년 6월, 파리 ─ 에르네스트 들라에에게 보낸 편지

이 편지는 랭보의 파리 체류 시기 중 유일하게 남아 있는 편지일 뿐 아니라, 별다른 부탁을 담고 있지 않다는 점에서도 예외적이다. 발신지란에 랭보는 '파리 Paris'와 '똥 merde'을 합쳐 'Parmerde'라고 적었고, 일시에 적은 'Jumphe'는 '6월 Juin'과 '압송프 Absomphe'를 합친 조어로 추정된다. 이러한 말장난은 베를렌과 랭보, 들라에 사이에 오가는 편지의 특징이다.

1873년 5월, 로슈 ─ 에르네스트 들라에에게 보낸 편지

1872년 6월과 1873년 5월 사이, 약 1년에 이르는 기간 동안 랭보가 쓴 편지는 현재 남아 있는 것이 없다. 1873년 4월에 두 시인은 두 번째 런던 생활을 정리하고 베를렌은 벨기에의 제옹빌로, 랭보는 로슈로 돌아갔다. 아티니면에 위치한 로슈는 랭보 어머니의 농장이 있던 곳으로, 샤를빌보다 외진 시골이다.

　편지에 랭보는 데생을 두 점 곁들였다. 편지 앞면에 있는 그림에서는 한 손에 지팡이를 든 남자가 투박스러운 나막신을 신고 풀숲을 걸어간다. 그를 앞질러가는 거위의 열린 부리에서 "오 자연이여! 오 나의 숙모여"라는 외침이 나온다. 그림 좌측의 공중 혹은 원경에는 작달막한 사람이 삽을 위로 쳐들고 걸어가며 "오 자연이여! 오 나의 누이여"라 외친다. 그림 상단에는 편지의 두 번째 문장, "오 자연이여! 오 나의 어머니여!"라는 구절이 놓여 있다. 뮈세의 시 〈추억〉 혹은 루소《고백록》에 나오는 어머니-자연을 향한 외침을 패러디한 것으로 보인다. 편지 뒷면에는 다섯 채의 집, 나무 한 그루가 있는 민숭민숭한 촌락 풍경 아래 "라이투, 내 마을"이라는 메모가 적혀 있다.

이 편지에서 언급되는 "이교도의 책, 아니면 니그로의 책"은 그 당시 집필 중이던《지옥에서 보낸 한 철》의 〈나쁜 피〉로 여겨진다.

이후 5월 24일, 베를렌과 랭보는 편지에 언급된 부이용에서 다시 만나 영국으로 향하며, 그것이 그들의 세 번째이자 마지막 영국 동거 생활이 된다.

1873년 7월 4일, 런던 — 폴 베를렌에게 보낸 편지 · 1873년 7월 5일, 런던 — 폴 베를렌에게 보낸 편지

1873년 5월 말부터 시작된 마지막 동거 생활이 끝나는 시점에 랭보가 베를렌에게 쓴 세 통의 편지가 남아 있다. 후일 베를렌이 이야기한 바에 따르면 7월 3일, 장을 봐서 돌아오는 그를 창문에서 본 랭보가 "고등어 들고 있는 꼴이 제대로 머저리 같다"라며 야유를 보냈고, 베를렌은 그 길로 집을 나가 벨기에로 향하는 배를 탔다고 한다. '재산'을 언급하는 내용을 보건대, 둘의 언쟁에 경제적인 문제가 자주 끼어들었던 것 같다. 6월 중순께에 두 시인은 프랑스어, 라틴어, 문학 개인 지도를 한다는 광고를 신문에 내기도 했다.

이 편지를 쓴 랭보는 그것을 채 송부하기 전에 베를렌이 '바다에서' 쓴 아래의 편지를 받은 것으로 보인다.

긴급 우편
수신자 이주시 프랑스, 아르덴, 아티니면 로슈, 랭보 부인 댁으로 회송할 것.

나의 친구,

이 편지가 도착할 때 네가 런던에 있을지 모르겠어. 그럼에도 네게 꼭 말하고 싶어, 네가 **철저하게, 결국에는** 이해해야 한다는 걸, 내가 절대로 떠나야 했음을, 네 변덕 외엔 아무런 이유가 없는, 맨 드라마 장면들로 이어지는 이 난폭한 삶이 더 이상 날 엿 먹이지 못할 거라는 걸!

다만, 너를 엄청나게 사랑했으므로 (그에 대해 나쁜 생각을 품는 자에게 화 있을진저!) 나는 또한 네게 확실히 해두고 싶어, 오늘부터 3일 안에 내가 아내와 완벽한 조건하에 다시 함께하지 못한다면 내 머리통을 갈길 거란 걸. 호텔에서의 3일, 리볼버 한 자루, 돈이 들지. 방금 내가 "**노랑이짓**"을 한 건 그래서야. 나를 용서해줘야 해. — 만약, 아무래도 그렇게 될 것 같은데, 이 최후의 등신짓거리를 해야 한다면 적어도 용감한 등신으로서 하겠어. — 내 마지막 생각은, 내 친구, 너를 위한 것이 될 거야, 방금 부두에서 나를 부르던 너, 다시 가서 합류하고 싶지 않았던 너, **왜냐하면 나는 뒈져야 하니까** — 결국에는!

고꾸라지면서 네게 입맞춤 보내길 원해?

네 가련한

P. 베를렌

하여튼 우리가 다시 볼 일은 없을 거야. 내 아내가 온다면, 넌 내 주소를 받게 될 거고, 그때 편지를 쓰길 바라. 그때까지, 오늘부터 **더도 말고 덜도 말고** 3일 이내로는, 브뤼셀 유치우편 — 내 이름으로 보내.

바레르에게 그의 책 세 권을 돌려주렴.

이에 대한 답으로, 랭보는 7월 5일 자 편지를 써서 4일 자 편지와 함께 보낸다.

1873년 7월 7일, 런던 — 폴 베를렌에게 보낸 편지

여기서 언급된 베를렌의 편지는 현재 남아 있지 않다. 다만 베를렌이 7월 6일 자로 런던의 코뮌 망명자 중 하나인 뢰도미르 마튀세비츠에게 보낸 편지가 남아 있다. 그는 "랭보를 약간은 버리다시피 떠나와야 했고, 그러자니 좀 끔찍하게 고통스러웠다"고 사정을 밝히면서 "곧바로, 캠든타운 그레이트컬리지로 8번지에 들러 랭보에게 필요치 않을 옷가지들과 책들을 달라고 하라"고 부탁하는 한편 "(이미 내 전갈을 받았을) 집주인들에게, 미리 지불하지 못한 두 번째 주 방값 7실링을 우편환으로 받아보게 될 것"이라고 전해달라고 쓴다.

랭보가 7월 4일, 5일, 7일 자로 보낸 편지는 7월 10일 베를렌이 브뤼셀에서 체포될 때 압수당한 소지품들 가운데 들어 있었다.

1874년 4월 16일, 런던 — 쥘 앙드리외에게 보낸 편지

2018년, 쥘 앙드리외의 후손 집에 보관되어 있던 문서들 가운데서 발견된 편지다. 랭보 자신이 남긴 직접적 자료가 없다시피 한 1874년의 행적에 대한 중요한 단서를 제공한다. 당시 랭보는 파리에서 만난 젊은 시인 제르맹 누보와 함께 영국에서 생활하던 중이었다. 랭보가 구상하는 출판물이 어떤 것인지는 확실히 말할 수 없으나, 몇몇 요소가 마지막 작품집 《일뤼미나시옹》을 떠올리게 하는 것은 분명하다. 1875년 2월 베를렌을 만나 출판을 위한 《일뤼미나시옹》 원고를 누보에게 전하라고 건넨 것으로 보아, 이 산문시집의 상당 부분이 이 시기에 쓰였을 것이다.

1875년 3월 5일, 슈투트가르트 — 에르네스트 들라에에게 보낸 편지

1월 16일에 출소한 베를렌은 팡푸에 있는 어머니 집에 기거 중이었고, 들라에로부터 랭보의 슈투트가르트 주소를 알아내 랭보를 방문한 것으로 보인다.

편지에선 따로 언급되지 않지만, 이 만남 때 베를렌에게 《일뤼미나시옹》 원고가 맡겨졌다. 이후 두 시인은 다시 만나지 않는다.

1875년 3월 17일, 슈투트가르트 — 가족에게 보낸 편지

랭보가 가족에게 보낸 서한이 이것이 처음일 리는 없지만, 이보다 더 일찍 쓰인 편지들은 현재 전해지지 않는다. 가족들 모두에게 보내진 것으로 되어 있기는 해도, 랭보가 줄곧 염두에 두는 것은 어머니일 것이다. 대부분이 생활비와 관련된 설명에, 어투 역시 어색할 정도로 딱딱하다. 그런 만큼 랭보가 친밀한 사이에서 쓰이는 2인칭 대명사 'tu'를 어머니에게 사용하며 허물없이 구는 대목은 놀라운 데가 있다("엄마가 […] 좋겠어요"). 사실, 꽤 오랜 기간 동안 랭보는 네 아이들 중 유일하게 어머니에게 말을 놓은 아이였다.

편지에서 언급하듯, 1875년 3월 7일 자 《슈바벤 시평》에는 다음과 같은 광고가 실렸다. "파리 출신 남성, 20세, 독일어 강습을 받는 대신 배움을 원하는 사람들에게 프랑스어 강습을 하고자 함."

1875년 10월 14일, 샤를빌 — 에르네스트 들라에에게 보낸 편지

랭보의 문단 활동이 끝나는 기점으로 꼽히곤 하는 서한이다. 삽입된 〈꿈〉은 랭보 전집에서 흔히 마지막 시로 편찬되어 왔으나, 최근에는 이 텍스트가 편지와 불가분의 관계에 있으며 따라서 독립된 작품으로 볼 수 없다고 보는 시각이 우세하다.

편지에 쓴 계획과 달리 랭보는 과학계 대입자격시험을 치르지 않았다. 군대 문제도 제대로 해결되지 않아서, 이후 랭보가 가족과 주고받는 편지에서 잊을 만하면 나타나는 골칫거리가 된다.

1878년 11월 17일, 제노바 — 가족에게 보낸 편지

편지에서 랭보는 아르덴에서 독일, 스위스를 거쳐 이탈리아까지 가기 위해 이용해야 했던 방편들과 여정을 구체적으로 기술한다. 1875년 10월 14일 이후 1878년 11월 17일 이날까지 3년이 넘는 시기 동안, 랭보가 쓴 편지 중 남아 있는 것은 미국 영사관에 해군 입대 조건을 영어로 문의하는 1877년 5월 자 서류뿐이다. 그사이 랭보의 행적은 단편적 흔적이나 입에서 입을 거친 소문들을 통해 어렵사리 추측될 뿐이다.

이제 그는 이집트행을 앞두고 있으며, 이후 주 활동지는 지중해 건너 아라비아반도 근방 및 아프리카가 된다.

1884년 5월 29일, 아덴 — 가족에게 보낸 편지

1880년 8월, 랭보는 아덴의 마자랑 비아니 바르데 상사에 취직한다. 공동 운영자 중 한 명이었던 알프레드 바르데의 회고에 따르면 랭보는 과묵하지만 호감이 가는 사내였고, 당시 이미 업무 지시에 필요한 아랍어를 충분히 구사할 수 있었다. 랭보는 이 회사에서 업무 능력을 인정받아 1880년 말부터는 아프리카 내륙 하라르에 소재한 회사의 지점 관리자가 되어 아프리카의 주요 산물인 커피, 가죽, 고무 등을 매입하는 한편 유럽의 각종 상품을 판매한다.

1884년 1월, 전쟁 여파로 상사가 도산, 이에 따라 랭보는 하라르 지점을 급히 정리하고 떠나게 된다. 이후 6주의 여행을 거쳐 아덴에 도착한 4월 말부터 바르데가 단독 명의로 회사를 설립하여 랭보를 다시 고용하는 6월 말까지, 랭보는 약 3개월간 일자리 없이 대기 상태에 놓인다. 이 편지는 그사이에 쓰인 것이다.

1884년 12월 30일, 아덴 — 가족에게 보낸 편지

랭보는 자신이 유럽으로 돌아갈 수 없는 이유와 함께 혼란한 아프리카 상황을 전한다. 식민지 경영 및 정세 판도에 대한 상인 랭보의 판단은 나름대로 정확해서, 실제로 영국은 수단 봉기를 완전히 진압하기까지 꽤 오래 어려움을 겪는다.

1885년 1월 15일, 아덴 — 가족에게 보낸 편지

이집트 사태에 대해 랭보는 약 세 달 전에 보낸 편지에서 이미 다음과 같이 상황을 언급한 바 있다. "소말리아 해안과 하라르는 불쌍한 이집트의 손에서 영국인들 손으로 넘어가는 중인데, 영국인들에게 그 모든 식민지들을 충분히 장악할 만한 힘은 없습니다. 영국인들의 점령이 수에즈에서부터 과르다피 곶에 이르는 연안의 통상을 죄다 망치고 있어요. 영국은 이집트 사태들로 끔찍하게 골머리를 앓았는데, 앞으로도 사태가 영국에 나쁘게 돌아갈 가능성이 다분해요."(1884년 10월 7일 가족에게 보낸 편지)

이 편지에서 나타나는 비관과 권태의 어조는 랭보의 아프리카 편지에서 반복적으로 나타난다.

1891년 7월 15일, 마르세유 — 누이동생 이자벨 랭보에게 보낸 편지

1891년 7월 13일, 동생 이자벨은 편지를 보내면서 동봉하는 '징집 사령관 기술 의견서'가 몹시 어렵게 얻어낸 것이니 확실하게 간수해야 한다고 당부한다. 또한 자기 역시 가끔씩 다리가 붓는다고 말하며 랭보의 무릎 질환의 정확한 원인이 무엇인지, 그것이 어떻게 시작되었는지 묻는다. 그에 대한 답장으로 쓰인 이 편지에서는 랭보의 무릎 종양이 악화되는 과정이 상세히 기술된다.

1891년 11월 9일, 마르세유 — 어느 해운 회사 사장에게 보내는 편지

랭보가 죽기 전날 밤, 통증과 모르핀으로 인한 착란 상태에서 이자벨에게 받아쓰게 한 편지이다. 짐 목록의 '이빨'은 랭보가 하라르에서 팔던 상아일 것으로 추정된다. '아피나르Aphinar'의 경우, 등대를 뜻하는 아랍어 'al fanâr'를 이자벨이 잘못 받아쓴 것일 수 있으나 정확히 알 수 없으며, 그것이 회사 이름인지 배 이름인지도 확실하지 않다.

옮긴이의 말

이 책에는 랭보가 시 창작 시기에 쓴 편지 전체, 그리고 이후의 편지 몇 편이 실려 있다.

랭보가 글쓰기에 매진한 기간은 길게 잡아도 열다섯부터 스물한 살 무렵까지 채 6년이 되지 않는다. 그사이 출판한 책은 단한 권 《지옥에서 보낸 한 철》인데, 그조차 저자 증정본 몇 권이 친구들에게 보내졌을 뿐 나머지 전량은 고스란히 인쇄소 창고에 남겨졌다가 1901년에야 발견되었으므로 배포, 유통의 마지막 단계는 밟지 못한 셈이다. 그 외의 작품은 모두 랭보가 글쓰기를 그만둔 뒤, 처음에는 베를렌이 가지고 있던 원고, 다음에는 그렇게 소개된 랭보의 시에 매혹된 이들이 수소문하여 입수하거나 우연히 발견된 원고들 덕분에 출판될 수 있었다. 그렇게 출판된 《일뤼미나시옹》의 소식을 아프리카의 동료가 전했을 때, 랭보는 "그 따위는 다 개숫물"이라며 더 듣기 싫다는 투로 반응했다고도 한다. 사실이건 아니건, 이 경멸과 무관심은 상인과 시인 사이의 관심사가 달라진 데서 오는 것만은 아니다. 시 쓰는 시기에도 랭보는 쓸 것과 앞일에 열의를 바칠 뿐, 스스로 생각하기에 과거의 것이 된 작품에 대해서는 예전 시들을 불태워달라고 말할 때나 잔금을 치를 수 없는 책의 향방에 연연하지 않을 때나 냉담하고 단호했다.

작품의 사정이 그렇다면 편지는 말할 것도 없다. 시기마다 단절을 거듭하는 짧은 이력에서 남은 편지는 많지 않다. 우선 샤를빌에서는 말을 걸 만한 상대를 구하기가 어려웠고 우편료조차 궁했다. 파리에서 문학계 인사들을 만날 기회가 있었지만 서툴고 오만한 데다 도발을 일삼던 청년이 그들과 친해지기는 힘들었다. 기질이 과묵하고 비사교적이었던 만큼 편지 쓰는 일 그 자체를 즐겼던 것 같지도 않다. 속이야기를 하는 일이 없지 않지만 뚜렷한 용건 없는 편지는 드물다. 더이상 편지할 가치가 없는 관계라는 듯, 이장바르와 드므니에게 보내는 편지는 1871년 여름으로 끝난다.

오고간 편지가 다 전해지지도 않는다. 몇 달이 멀다 하고 거주지를 옮겨 다녔으니 랭보에겐 받은 편지들이 쌓일 서랍이 없었고, 랭보가 보낸 편지로 말하자면 무명 청년의 편지가 따로 간직되고 발견된 것이 오히려 신기하다. 물론 베를렌은 랭보를 알아보았다. 그러나 두 시인 사이에 어떤 시들과 생각이 오갔는지 보여주었을 편지들 상당수는 베를렌이 랭보를 따라 정착된 삶을 버리고 나설 때 모테가에 남아 다시 찾을 수 없게 된다. 그들의 긴 동거 생활이 끝나는 시점의 편지들이 남아 있는 것은 베를렌이 랭보에게 총을 쏘고 두 사람이 브뤼셀에서 조사를 받을 때 소지품 일체가 압수되었기 때문인데, 그걸 다행이라고 하자니 고약한 일이다. 본래 이 책에는 랭보 자필로 전체가 남아 있는 편지들만 싣는 것을 원칙으로 삼았으나, 그의 문학 이력을 되짚을 때 빼놓을 수 없는 한 시기를 표시하기 위해 인용의 형태로 전해지는 편지 중 두 편을 포함시킨 것은 그 때문이다.

예술가의 서한을 읽을 때 독자는 작품 뒤에 숨겨진 노고, 예술가의 개성, 생각과 감정, 생활의 우여곡절 등을 발견하리라 기대한다. 이 책에도 그런 면모가 없지 않고, 랭보의 묘연한 행적과 속사정을 헤아릴 때 얼마 안 되는 이 편지들이 매우 요긴한 자료로 쓰이는 것 또한 사실이다. 그럼에도 띄엄띄엄하게만 이어지는 이 기록들이 창작 시기 동안 랭보의 삶을 온전히 보여준다고 하긴 어렵다. 오히려 글쓰기를 그만둔 뒤, 특히 아프리카의 상인이 된 뒤에는 훨씬 더 많은 편지가 남아 있다. 하지만 대개 사업과 날씨 이야기, 고만고만한 근황과 부탁, 안부 인사가 반복되는 이 텍스트들은 흥미로울 순 있어도 비범하다 할 것은 없는 한 인간을 보여줄 따름이다. 우리는 그 가운데 극히 일부만을 골라 에필로그로 삼았다. 평생에 걸쳐 랭보를 읽었던 시인 이브 본푸아는 아프리카의 랭보가 가족들에게 보낸 편지를 읽지 말자고 했다. 평범한 개인의 삶으로 돌아간 이의 자취를 좇는 것이 점잖지 못하다는 그의 말이 아마 옳겠으나, 그럼에도 몇몇 편지들은 랭보를 평범한 개인으로 돌려보낸 힘들이 어떤 것이었는지를 보여주면서 그의 시가 바랐던 삶의 혁명을 역설적으로 변호한다.

말라르메의 표현에 따르면 랭보는 "산 채로 시 절단 수술을 했다". 1891년의 다리 수술과 달리 그 시점은 분명치 않다. 1874년 쥘 앙드리외에게 정기 구독물 출판에 대해 문의하며 사업가 흉내를 내면서도 랭보는 아이 같은 흥분을 내비친다. 반면 이듬해 들라에에게 보내는 편지에 써넣은 〈꿈〉은 말장난을 일삼으면서도 바탕의 논리는 지극히 현실적이고, 거기 나타나는 정령은 그로테스크할 정도로 물질적이다. 그 사이에 쓰였을지 모를 《일뤼미나시옹》의 한 편은 아직 정령을 말하지만 동시에 정령의 소멸을 미리 그려 보인다.

콩트

한 **임금**이 평범한 관용의 완성에만 힘쓰다가 기분이 틀어졌다. 사랑의 놀라운 혁명을 예견하면서, 그는 자기 여자들이 하늘이며 호사로 장식된 저 아양보다 더 나은 것을 할 수 있지 않을까 의구심을 품었다. 그는 진실을, 본질적인 욕망과 본질적인 만족의 시간을 보고 싶었다. 그게 탈선한 신심이거나 말거나, 그러고 싶었다. 적어도 그는 인간으로서의 권력을 제법 넉넉하게 지니고 있었다.

그를 알았던 모든 여자들이 살해되었다. 미의 정원에 그 무슨 참혹였던가! 칼날 아래서, 여자들은 그를 축복했다. 새로운 여자들을 불러오라는 명은 일절 내리지 않았다. — 여자들은 다시 나타났다.

그는 사냥이나 주연 뒤에, 자기를 따르던 자들을 모두 죽였다. — 모두 그를 따랐다.

그는 호사로운 짐승들의 목을 베며 즐거워했다. 그는 궁전들에 불을 질렀다. 그는 사람들에게 달려들어 조각조각 썰었다. — 군중, 황금 지붕, 아름다운 짐승들은 여전히 존재했다.

파괴 속에서 황홀경에 이를 수 있을까, 잔인함으로 다시 젊어

질 수 있을까! 백성들은 불평하지 않았다. 아무도 그가 보는 것들에 관여하지 않았다.

어느 저녁, 그는 당당하게 말을 몰아가고 있었다. 한 **정령**이 나타났다, 형언할 수 없고, 차마 입에 담을 수 없이 아름다운 **정령**이. 그 용모와 자태로부터 솟아 나왔다, 다양하고 복잡한 어떤 사랑의 약속이! 말로 할 수 없고 참을 수조차 없는 어떤 행복의 약속이! 필경 **임금**과 **정령**은 본질적인 건강 속에서 사라졌다. 어찌 그들이 죽지 않을 수 있었겠는가? 따라서 함께 그들은 죽었다.

그러나 이 **임금**은 자기 궁전에서, 보통의 나이에 사망했다. 임금은 **정령**이었다. **정령**은 **임금**이었다.

우리의 욕망에는 격조 있는 음악이 부족하다.

정령과 함께 죽었지만 그 후로도 계속 살아갔다는 임금처럼, 인간 랭보의 삶도 시인의 삶보다 오래 이어졌다. 실로 파란만장하다는 표현이 어울리는 삶이고, 그 궤적이 시와 함께 랭보의 신화를 만들어내기도 했지만, 그조차도 따지고 보면 시로 삶을 바꾸어야 한다는 생각에 따라 삶 전부를 시에 걸었던 어느 한 시기가 만들어낸 아우라다. 그 시기에서 남은 스무 편 남짓의 편지는 특정 시간과 장소에 처해 있는 시인의 기질과 성향, 판단과 계획을 그의 개인적인 어조로 드러내 보여준다.

랭보의 편지가 사적인 글쓰기만인 것도 아니다. 달리 지면을 얻을 수 없었던 시골 소년에게 편지는 작품을 '발표'할 수 있는 유일한 매체였다. 실제로 여기에 실린 시 12편 중 6편은 오로지 편지 덕분에 우리에게 전해진다. 게다가 편지라는 특수한 형식이 만들어내는 효과가 있다. 이어지거나 보충하거나 되받아치면서 편지는 시와 불가분의 관계를 맺고 때로는 단순한 논평을 넘어 그 자체가 시적인 성찰이 된다. '투시자 편지'로 일컬어지는 두 통의 편지가 단적인 예다. 랭보 시학에서뿐만 아니라 시 역사에서 중요한 전환점을 표지하는 이 글은 랭보의 어떤 시보다도 많이 인용되면서 현대 문학에 대한 숙고에 단초를 제공해 왔다.

편지는 타인과의 관계라는 문제를 전제하며, 이 점은 랭보의 편지에서 항시적인 자기 비평의 시선으로 표현된다. 그는 내내 자신의 능력을 증명해야 했고, 자신의 진지함을 강변해야 했으며, 자기 말에 귀 기울이게 만들어야 했다. 상대의 반응을 미리 짐작하는 계산이 진담과 너스레, 타인에 대한 빈정거림과 자기 조롱을 구분할 수 없는 말투를 만들어내기도 한다. 들뜬 희망과 기대는 거의 반사적으로 이후의 실망과 환멸에 대한 예감, 세상이 부응해주지 않으리라는 조바심과 울분을 끌고 들어온다. 격렬하게, 거침없이 말하다가 문득 자기 말과 거리를 취하는 태도는 랭보의 시에서 점점 더 두드러지는 특색이기도 하다. 글의 습관이기 전에 생각의 습관이었을 이 의심하는 의식이 어쩌면 시 쓸 에너지를 급격하게 소진시켰을지도 모른다. 하지만 아무리 놀라운 생각도 글이 되어 읽히지 않는다면 소용이 없다. 자유와 미지에의 욕구가 현실과 타인을 마주하며 형상을 취하는 순간들이 이 편지들에 담겨 있다.

이 서한집을 기획하는 시점에 쥘 앙드리외에게 보낸 편지가 발견된 것은 큰 행운이었다. 자신이 펴낸 텍스트를 번역할 수 있도록 허락해준 프레데릭 토마 씨에게 감사를 표한다. 출판을 제안한 인다 대표 김현우 씨, 책 구성에서부터 원고 정비까지 명민한 감식안을 발휘해준 편집자 정혜경 씨에게도 고마움을 전한다. 시를 계속 읽고 공부하게 해준 황현산 선생께 인사를 올려야 하는데, 자리가 비어 있다. 수업과 대화의 기억,《낯선시》2006년 겨울호에 실린《지옥에서 보낸 한 철》및 미간행 번역, 랭보에 대한 평문들에서 힘을 빌린 것은 번역이 난감할 때만은 아니었다. 높고 굳센 정신이 단어들에 담아놓은 활기가 맥없이 슬픈 시간을 바꿔놓기도 한다는 것을 랭보와 선생 덕분에 알게 되었다. 다른 이들에게, 이 책이 얼마만이라도 그 같은 효력을 지녔으면 좋겠다.

위효정

랭보 연보

1854년 | 출생

10월 20일 아르튀르 랭보 출생. 로슈 지방 지주의 딸이었던 어머니 비탈리 퀴프가 메지에르에 주둔하고 있던 군인 프레데릭 랭보를 만나 아르덴 지방 샤를빌에 신혼집을 차렸다. 랭보 대위는 1년에 몇 주, 휴가를 빌려서만 잠시 머무를 수 있었다. 이 결혼 생활에서 다섯 명의 아이들이 태어나고, 랭보는 그중 둘째. 위로는 1853년생의 형 프레데릭이 있고 아래로는, 태어난 지 네 달 만에 죽은 첫 번째 여동생을 제외하면, 각각 네 살, 여섯 살 터울의 비탈리와 이자벨 두 여동생이 있었다.

1857년

보들레르의 《악의 꽃》 출간. 종교와 풍속을 해친다는 이유로 기소되어 재판 후 판매 정지 처분을 받는다. 선고 작품 삭제, 새 작품 추가, 구성 변경 등을 통해 대대적으로 개편된 재판이 1861년에 나온다.

1860년 | 6세

막내 이자벨이 잉태되었을 휴가를 마지막으로 비탈리와 프레데릭의 결혼 생활은 끝난다. 이때부터 랭보의 어머니는 과부로 처신한다. 아버지 랭보 대위는 1878년 사망할 때까지 아이들을 다시 보지 않았다.

1861년 | 7세

10월 로사 학원 입학. 당시 샤를빌 중산층에서 시립학교보다 선호되던 사립학교였다. 랭보는 매해 다수의 과목에서 1등 상을 차지한다.

1862년 | 8세

12월 랭보의 어머니는 노동자들이 모여 살던 빈곤한 구역을 떠나 번듯한 가로수 길 동네에 집을 구한다.

1863년

런던에 세계 최초로 지하철이 개통된다.
폴 베를렌의 시가 처음으로 잡지에 실린다(당시 19세). 같은 해에 그는 루이자비에 드 리카르를 통해 그의 어머니가 주최하던 살롱에 소개되고, 거기에서 알게 된 카튈 망데스, 빌리에 드 릴아당, 프랑수아 코페 등과 교분을 쌓는 한편 르콩트 드 릴, 테오도르 드 방빌의 살롱에도 드나들 수 있게 된다.

1865년 | 11세

4월 부활절 방학 후, 로사 학원의 자유주의가 불온하다고 여긴 랭보 어머니는 형제를 샤를빌 시립학교로 전학시킨다. 새 학교에서도 랭보는 1등 상을 휩쓸며 교장의 주목을 받는다.

1866년 | 12세

5월 아르튀르와 프레데릭이 첫영성체를 받는다. 친구 들라에가 기억하는 바로 아르튀르의 신심은 퍽 진지해서, 성수를 가지고 상난치는 친구들에게 주먹질을 하다 '교회쟁이 꼬마'라는 평판을 사기도 했다.

3월부터 6월에 걸쳐 르메르 출판사에서 《현대 파르나스》 총 18호가 발행되고, 이를 묶은 1권이 10월에 나온다. 11월, 같은 출판사에서 베를렌의 첫 시집 《토성인 시집》이 출판된다.

1867년

8월 31일 샤를 보들레르 사망. 베를렌은 그의 장례식에 참석한다. 11월에는 《예술》지에 베를렌의 보들레르론이 게재된다.
12월 베를렌의 《여자친구들: 사포식 사랑의 장면》이 벨기에에서 비밀 출판된다.

1868년 | 14세

5월 황태자의 첫영성체를 축하하는 라틴어 오드를 보냈다가, 황실 가정교사에게 황태자도 감동했으며, 따라서 작문에 몇몇 실수가 있지만 너그럽게 보아주었다는 답장을 받는다. 시도 답장도 전해지지 않지만, 당시 랭보의 동급생이 이 소식을 자기 친구에게 전하는 편지가 남아 있다.

1869년 ┃ 15세

랭보가 작문 경연대회에서 쓴 라틴어 시 〈때는 봄이었다〉, 〈천사와 아이〉, 〈유구르타〉가 각각 1월, 6월, 11월에 《두에 아카데미 공보》에 실린다.

2월, 베를렌의 두 번째 시집 《페트 갈랑트》 발간. 6월 말, 베를렌은 갓 열여섯 살의 마틸드 모테를 만나 첫눈에 반한다.

1870년 ┃ 16세

1월 〈고아들의 새해 선물〉이 《만인을 위한 잡지》에 실린다.
랭보의 학급 새 담당 교사로 만 21세의 조르주 이장바르가 부임한다. 둘은 곧 정규 수업 이외의 시간을 같이 보낼 정도로 친해져서, 랭보는 자기가 쓴 시를 이 젊은 선생에게 보여주며 논평을 듣는다. 이장바르는 숙제에 필요한 참고 자료 외에도 신간 서적이나 잡지를 빌려주곤 했는데, 그러다 빅토르 위고의 《레 미제라블》 같은 '나쁜' 책들을 읽게 한다고 항의하는 랭보 어머니의 편지를 받기도 한다.
5월 테오도르 드 방빌에게 편지를 쓰며 세 편의 시를 동봉한다.

7월 19일, 프랑스가 프로이센에 전쟁을 선포한다.

8월 6일 학년말 시상식에서 랭보는 라틴어 담화에서 특등상을, 종교 교육, 프랑스어 담화, 라틴어 운문, 라틴어 번역, 그리스어 번역 등 5개 과목에서 1등상을 받는다. 이후 학업을 중단할 랭보에게는 이것이 학교에서의 마지막 날이 된다.

8월 11일, 베를렌이 마틸드와 결혼한다.

8월 29일 랭보가 첫 가출을 감행, 파리행 기차를 탔다가 운임 부족으로 역에서 붙들려 마자스 감옥에 수감된다.

9월 2일, 스당 전투에서 패하고 포로로 잡힌 나폴레옹 3세가 항복을 선언한다. 이 소식에 궐기한 파리 시민들은 9월 4일, 제정 폐지 및 공화국 수립을 선포하며 항쟁을 지속하기로 결정한다.

9월 초 석방된 랭보가 두에의 이장바르 집에 도착한다.
9월 26일 랭보의 어머니로부터 거듭 독촉 편지를 받은 이장바르가 랭보와 함께 샤를빌행 기차를 탄다.

10월 초 랭보가 다시 집을 나간다. 벨기에 국경까지 가는 기차를 탄 뒤 지베를 거쳐 샤를루아로, 그 뒤에는 다시 브뤼셀로, 학급 친구들이나 이장바르의 지인 집을 들르며 도보 여행을 한 것으로 여겨진다.

10월 8일 랭보 어머니의 부탁을 받고 이장바르가 랭보를 찾아 나선다. 선생은 제자가 갔을 만한 곳을 수소문하여 그의 뒤를 쫓아 여러 도시를 오가지만 번번이 놓치다가, 10월 중순 결국 포기하고 두에의 집으로 돌아가 거기 와 있던 랭보를 발견한다. 약 3주에 걸친 이 두 번째 두에 체류 기간 동안 랭보는 첫 번째 체류 때 정서했던 시들에 새로 쓴 시들을 보태어 총 22편의 원고를 폴 드므니에게 맡긴다.

10월 19일, 프로이센군이 파리 포위전에 들어간다. 파리 시민들은 봉쇄를 뚫으려 애쓰지만 성공하지 못하고, 추위와 식량난 속에서 혹독한 겨울을 보낸다.

11월 1일 랭보는 어머니의 성화에 두에를 떠나 샤를빌로 돌아간다.

12월 31일 메지에르가 폭격 당한다.

1871년 | 17세

1월, 샤를빌과 메지에르가 함락되어 프로이센군 점령하에 놓인다. 1월 5일, 프로이센군이 파리를 포위한다. 파리 시민들의 반발에도 불구하고 1월 28일 정부는 항복을 선언한다. 아돌프 티에르를 수반으로 한 임시정부가 구성되어 2월 26일, 휴전협정이 체결된다. 프로이센군의 요구에 따라 국민방위군 무장해제를 위해 대포 철거에 나선 정부군이 시민들의 저항에 부딪히면서 일어난 소요 끝에 3월 18일, 파리코뮌이 선포된다. 시청 직원이었던 베를렌은 정부의 명령을 어기고 시청을 장악한 코뮌파에 협력, 언론 관련 업무를 맡는다. 임시정부는 베르사유에 거점을 잡고 4월 11일부터 수도와 근교에 폭격을 가한다.

4월 샤를빌 중학교에서 수업이 재개된다. 랭보는 가지 않는다.

5월 일명 투시자의 편지를 이장바르와 드므니에게 써서 보낸다.

5월 21일, 포위를 뚫고 파리에 들어온 베르사유 정부군과 저항하는 코뮌군 사이에 총격전이 벌어지고, 이후 마지막 시민군들이 처형되는 28일까지 소위 '피의 일주일' 동안 코뮌이 가차 없이 진압된다.

6월, 마르크스가 파리코뮌에 대해 영어로 작성한 《프랑스 내전》이 영국에서 소책자로 출판, 금세 매진된다. 이 텍스트는 두 해에 걸쳐 프랑스어를 비롯한 여러 언어로 번역되어 출판된다.

7월, 전쟁 중 정간되었던 《현대 파르나스》 2권이 나온다.

8월 랭보는 베를렌의 주소를 입수하여 두 차례에 걸쳐 편지를 보낸다. 파리코뮌 가담자로 체포될 것을 염려하여 지방에 피신해 있던 베를렌은 파리로 돌아와서야 이 편지들을 받아본다. 둘 사이에 편지가 오가고, 파리로 가고 싶다는 랭보에게 베를렌은 열렬한 환영 의사를 표한다.

8월 말 베를렌이 아내 마틸드와 꾸렸던 신혼집을 정리하고 처가인 모테가로 들어간다.

9월 베를렌이 보내준 여비로 파리행 기차를 탄 랭보가 스트라스부르역(현 파리 동역)에 도착한다. 베를렌과 샤를 크로가 마중을 나갔지만 엇갈려 만나지 못하고, 당일 저녁 모테가에 돌아가서야 주소를 들고 찾아온 랭보를 만난다.

9월 30일 베를렌이 랭보를 데리고 '야비한 작자들'의 저녁 모임에 참석한다. 랭보가 시를 낭송하고, 방빌을 위시한 시인들의 감탄이 오간다.

10월 30일 베를렌의 아들이 태어난다.

11월 모테가에서 쫓겨난 랭보는 방빌, 크로 등이 내주는 숙소를 전전한다.

1872년 | 18세

1월 랭보는 화가 장루이 포랭과 캉파뉴 프르미에르가에 기거한다. 앙리 팡탱라투르가 〈테이블 구석〉에 베를렌과 랭보를 그린 것도 이즈음이다. 모델이 되어주기로 약속했던 문인 중 하나인 알베르 메라가 베를렌, 랭보와 함께 그려지는 것을 거부했기에, 화가는 그 자리에 대신 꽃병을 그려 넣는다.

1월 13일 베를렌의 주사와 폭력을 견디다 못한 마틸드가 아들을 데리고 파리를 떠난다.

3월 2일 '야비한 작자들'의 저녁 모임에서 술 취한 랭보가 에티엔 카르자와 시비 끝에 그를 공격하여 상처를 입힌다. 그로부터 얼마 지나지 않아, 마틸드와의 관계를 바로잡고 싶어 하는 베를렌이 랭보를 달래 샤를빌로 돌려보낸다.

3월 15일 베를렌과 화해한 마틸드가 파리로 돌아온다.

5월 랭보가 파리로 되돌아와 포랭과 함께 무슈르프랭스가에 기거한다. 〈테이블 구석〉이 살롱전에 전시되고, 방빌은 그림에 대한 논평에 다음과 같은 랭보에 대한 짤막한 소개를 섞어 넣는다. "이 신사는 아르튀르 랭보, 굉장히 젊은, 지품천사 나이의 어린 소년인데, 어느 날인가는 내게 이제 곧 12음절 시구를 없앨 날이 오지 않겠느냐고 묻는 것이었다!"

7월 7일 랭보와 베를렌이 파리를 떠나 벨기에로 간다.

7월 21일 마틸드가 베를렌의 어머니와 함께 브뤼셀로 찾아와 베를렌에게 돌아가자고 설득한다. 베를렌은 그들과 함께 파리로 돌아가는 척하다가 국경에서 랭보와 다시 합류한다.

9월 7일 랭보와 베를렌이 도버해협을 건너 영국으로 간다.

10월 마틸드가 베를렌과 랭보의 파렴치한 관계를 이유로 이혼 소송을 건다. 11월, 베를렌과 랭보의 부탁에 따라 랭보의 어머니가 파리에서 마틸드를 만나 소송에 랭보를 끌어들이지 말아달라고 설득하지만 실패한다.

12월 베를렌의 요구에 따라 랭보는 베를렌을 런던에 남겨놓고 샤를빌로 돌아오지만 1873년 1월 중순, 아픈 베를렌을 돌보기 위해 다시 런던으로 돌아간다.

1873년 | 19세

4월 베를렌과 랭보의 두 번째 런던 동거가 끝난다. 베를렌은 마틸드와 화해해보려 하지만 실패하고 제옹빌에 있는 숙모 집으로 간다. 랭보는 로슈의 어머니 농장으로 돌아가 그곳에서 《지옥에서 보낸 한 철》을 쓰기 시작한다.

5월 25일 부이용에서 만난 베를렌과 랭보는 다시 런던으로 간다. 세 번째 런던 생활 동안, 둘은 생활비를 벌기 위해 개인 교습 광고를 신문에 내기도 한다.

7월 3일 베를렌이 랭보를 떠나 브뤼셀로 간다.

7월 8일 베를렌의 부름에 응하여 랭보 역시 브뤼셀로 간다.

7월 10일 말다툼 끝에 베를렌이 랭보에게 권총을 발사, 랭보가 손목에 부상을 입는다. 병원에서 간단한 치료를 받은 뒤 역으로 향하지만, 거기서 다시 실랑이가 벌어진다. 한순간 베를렌이 다시 총을 쏘려는 것으로 착각한 랭보는 경찰에게 달려가고, 베를렌이 체포된다. 랭보는 입원하여 마저 처치를 받는 한편 베를렌에 대한 고소를 취하하지만, 8월에 이루어진 재판에서 베를렌은 2년형을 선고받는다. 랭보는 로슈로 돌아와 《지옥에서 보낸 한 철》을 완성하여 벨기에의 한 인쇄소에 넘긴다.

10월 《지옥에서 보낸 한 철》 인쇄가 완료되지만, 비용을 지불할 수 없었던 랭보는 저자 증정본 몇 권만 받아볼 수 있었다. 그중 한 권에 랭보는 간략한 헌사("P.베를렌에게 / A.랭보")를 써서 감옥에 있는 베를렌에게 보낸다.

10월 말~11월 초 랭보는 파리에 가지만 베를렌이 투옥되어 있는 상황에서 문단 및 지인들의 반응은 냉담했다.

1874년 | 20세

3월 베를렌의 세 번째 시집 《가사 없는 연가》 출간.

3월~4월 랭보는 파리에서 만난 젊은 시인 제르맹 누보와 런던에서 함께 방을 빌려 지낸다. 《일뤼미나시옹》의 산문시들 중 누보의 글씨가 포함된 수고본들이 이 시기에 작성된 것으로 추정된다. 이 공동생활은 5월 초, 친구들의 만류에 따라 누보가 런던을 떠나면서 갑자기 끝난다. 혼자 남은 랭보는 개인 교습 자리를 구하기 위해 신문에 광고를 내는 등 생활 방편을 마련하려 애쓴다.

7월 병약해진 랭보의 부탁에 따라 랭보의 어머니와 누이동생 비탈리가 런던에 와서 잠시 함께 지낸다.

10월 스무 살 생일을 앞둔 랭보 앞으로 입영통지서가 날아든다. 랭보 어머니는 일단 기한을 연기시킨다.

12월 말 랭보는 런던을 떠나 샤를빌로 돌아온다.

1875년 | 21세

1월 베를렌이 몽스 감옥에서 출소한다.

2월 중순 랭보는 슈투트가르트로 가서 가정교사 자리를 알아보며 독일어를 배운다. 베를렌이 랭보를 찾아와 기독교에 귀의하라고 권하지만 랭보는 조소로 답한다. 출판할 것이니 누보에게 전하라며 《일뤼미나시옹》 원고를 베를렌에게 맡긴다.

5월 랭보가 밀라노에 있다는 소식을 누보로부터 들었다고 베를렌이 들라에에게 편지한다.

6월 일사병에 걸려 이탈리아에서 마르세유로 후송된다.

7월 누보는 포랭에게 들은 바 랭보가 파리에 와서 포랭, 카바네르 등을 만났다고 베를렌에게 전한다. 7월 말에 들라에가 베를렌에게 보낸 편지에 따르면 랭보는 마르세유에서 스페인 군대에 들어갈 계획을 검토 중이다.

8월 중순 랭보는 샤를빌에 있는 어머니 집으로 돌아온다.

10월 랭보는 들라에에게 군대 문제를 해결하고 과학계 대입자격시험을 치르려는 참이라는 내용의 편지를 쓴다.

12월 피아노 레슨을 받는 랭보를 위해 어머니가 피아노를 대여한다. 랭보가 아침부터 저녁까지 피아노를 두드린다고 들라에가 베를렌에게 편지한다.

12월 12일 랭보의 누이동생 비탈리가 슬관절 활액막염으로 사망한다. 장례식 날 랭보는 삭발을 하고 나타난다. 이유를 묻는 들라에에게 무성한 머리카락 때문에 두통이 심해서라고 답한다. 들라에는 랭보의 옆모습을 베를렌에게 그려 보낸다.

1876년 | 22세

3월~4월 베를렌과 들라에 사이에 오간 편지에 따르면, 러시아에 가려던 랭보는 빈에서 강도를 당한 뒤 경찰 조사를 받고 국경으로 보내진다.

5월 브뤼셀에서 랭보는 6년 기한으로 네덜란드 식민지 용병에 입대하여 6월, 하르데르베익에서 자바섬으로 향하는 배를 탄다.

8월 인도네시아 스마랑에서 탈영하여 스코틀랜드 항적의 배를 타고 아일랜드, 리버풀 등지를 거쳐 파리로 돌아온다. 연말 겨울은 언제나처럼 샤를빌에 돌아와 지낸다.

1877년 | 23세

5월 브레멘에서 미국 영사관에 편지를 보내 해군 입대 조건을 문의한다.

6월 스톡홀름 외국인 입적부에 한 번은 상인으로, 한 번은 수병으로 랭보의 이름이 기재되어 있다.

9월 마르세유에서 이탈리아행 배를 타고 로마로 갔다가 연말 즈음 샤를빌로 돌아온다.

1878년 | 24세

9월 그해 부활절을 즈음하여 랭보가 파리에 다녀갔다는 소문이 진짜인 것 같다고 들라에가 베를렌에게 편지한다.

10월 스위스로 간 랭보는 알프스를 넘어 밀라노를 거쳐 제노바로 간다.

11월 제노바에서 이집트 알렉산드리아행 배를 탄다.

12월 키프로스 섬에서 영국 회사에 채석장 감독직으로 취직한다.

1879년 | 25세

왕당파 마크 마옹이 대통령직을 사임하고, 쥘 그레비가 이끄는 공화파 정부가 들어선다. 라마르세예즈가 국가로 지정되고, 7월에는 쥘 발레스, 루이즈 미셸 등 유배형에 처해졌던 코뮌파 인사들이 사면된다.

5월 장티푸스에 걸려 로슈로 돌아와 농장에서 일하며 여름을 보낸다. 들라에에 따르면 9월 어느 날, 문학에 대해 묻자 거기엔 더 이상 신경쓰지 않는다고 답한다. 가을, 완쾌되지 않은 상태로 키프로스로 돌아가려 했다가 마르세유에서 발길을 돌려 로슈로 돌아와 겨울을 보낸다.

1880년 | 26세

3월 마르세유를 거쳐 알렉산드리아로 간다. 그곳에서 일자리를 얻지 못하자 키프로스로 가서 영국 총독 관저 공사 감독관으로 일한다.

6월 급하게 키프로스를 떠난다. 한 증언에 따르면 현지 인부에게 돌멩이를 던졌는데 그것이 관자놀이에 맞아 인부가 죽어서다. 알렉산드리아를 거쳐 제다, 수아킨, 마사두아에서 일자리를 찾지만 구하지 못한다.

8월 현 예멘의 항구도시 아덴에서 아프리카 산물, 그중에서도 특히 커피 교역에 주력하는 상사에 제품 선별과 포장을 관리하는 직원으로 취직한다.

11월 같은 회사의 아비시니아(현 에티오피아) 내륙 지방 하라르 지점에 3년 기한으로 고용된다.

1881년 | 27세

1월 가족에게 사진 촬영 및 인화에 필요한 장비 일체를 보내달라고 부탁한다.

5월~6월 상아를 찾아 미개척 지역인 부바사로 원정대를 꾸려 떠난다.

7월 회사를 그만두고 프랑스와 직접 거래할 생각을 품는다.

9월 사직서를 제출하고 후임자를 기다리며 아덴에 완전히 자리 잡을 것을 고려한다.

12월 아덴으로 가지만, 여전히 같은 회사에서 일한다.

1882년 | 28세

4월 아덴을 지겨워하며 하라르로 다시 돌아가고 싶어 한다.

6월 이집트 알렉산드리아에서 유럽인들을 대상으로 한 학살 및 약탈 사건이 발생하고, 이를 빌미로 영국군이 개입하여 이집트의 민족주의 세력을 진압한다. 이로 인해 이집트는 자국 통치권뿐만 아니라 아비시니아를 포함한 옛 식민지들에 대한 권리를 영국에 넘겨준다.

1883년 | 29세

3월 같은 회사와 재계약을 하고 하라르로 돌아간다.

5월 가족에게 직접 찍은 자기 사진 세 장을 보낸다.

8월 커피, 가죽, 상아 등의 구매를 위해 미개척지 오가딘으로 원정대를 꾸려 떠난다.

10월 코란 프랑스어 번역본을 주문한다.

베를렌이 《뤼테스》에 〈저주받은 시인들〉을 연재하여 트리스탕 코르비에르, 랭보, 말라르메를 소개한다. 랭보 편은 10월, 11월호에 실린다.

12월 오가딘 원정 동료였던 콩스탕탱 소티로와 랭보가 공동으로 서명한 지역 조사서가 소속 회사의 공동 경영자 중 한 명이었던 바르데를 통해 파리 지리학회에 제출된다. 이 글은 이듬해 2월 학회지에 출판된다.

1884년 | 30세

1월 랭보가 고용되어 있던 회사가 도산, 랭보는 하라르를 떠나 아덴으로 가서 무직 상태로 몇 개월을 보낸다.
6월 바르데가 새로 설립한 회사에 같은 조건으로 고용되지만, 랭보는 업계 전망이 밝지 않다고 여긴다.

5월, 위스망스의 《거꾸로》 출간, 데카당스 문학의 이정표가 된다. 주인공 데제생트가 현대시에서 애호하는 작품으로 말라르메와 베를렌이 인용된다. 위스망스는 19년 뒤 이 소설에 붙인 서문에서 거기에 랭보와 라포르그도 더할 수 있었을 것이나 소설 집필 당시에는 출판된 것이 없어서 그럴 수 없었다고 회고한다.

9월 이집트군이 철수하면서 하라르는 혼돈 상태에 빠지고, 회사 역시 불황을 맞는다.

1885년 | 31세

1월 바르데의 회사에 1년 기한으로 다시 고용된다.

1월, 아비시니아 황제 요하네스 4세가 그의 봉신인 쇼아의 왕 메넬리크와 전쟁 태세에 돌입한다.
5월 22일, 빅토르 위고 사망. 장례식은 6월 1일 국장으로 치러지고, 약 2백만 명의 인파가 뒤따르는 가운데 시인의 유해가 팡테옹에 안장된다.
8월, 《시대》지에 실린 〈데카당 시인들〉에 랭보의 시 〈모음들〉이 대표 작품으로 인용된다.

10월 고용주와 다툰다. 쇼아의 왕 메넬리크에게 무기를 팔러 가는 상인 라바튀와 동업 계획을 세우고 투자를 결심한다.

1886년 | 32세

4월부터 6월, 《라 보그》에 랭보의 운문시 및 《일뤼미나시옹》이 게재되어 큰 반향을 일으키고, 이에 따라 같은 잡지에서 《지옥에서 보낸 한 철》 역시 재발간된다. 그즈음 파리에는 랭보가 죽었다는 소문이 돌아 6월 7일 자 《라 보그》에 시인의 이름이 "고 아르튀르 랭보"

로 기재된다.

8월, 상징주의자 르네 길이 《언어론》에서 랭보의 〈모음들〉을 예로 든다. 이 책에 부친 서문에서 말라르메는 위고의 죽음과 자유시의 발흥을 연결시키며 "운문의 위기"에 대해 고찰한다.

9월, 장 모레아스가 《르 피가로》지에 상징주의 선언을 발표한다.

10월, 《일뤼미나시옹》의 첫 편집자 펠릭스 페네옹이 쓴 이 산문 시집에 대한 평문이 《상징주의》지에 실린다.

1월 전년 말부터 타주라에서 진행 중인 원정 준비가 난항을 겪으며 거듭 연기된다.

9월 암에 걸린 동업자 라바튀가 프랑스로 돌아가 사망한다. 다른 상인 솔레예와 제휴하지만 그 역시 심장마비로 급사한다.

10월 혼자 남은 랭보가 통역인 한 명, 낙타몰이꾼 34명, 낙타 30마리를 대동한 원정대를 꾸려 연발총 1,750정, 레밍턴 쇼총 20정을 가지고 쇼아로 떠난다.

11월, 《데카당》에 랭보의 가짜 소네트가 발표된다. 이 최초의 위작을 필두로, 랭보의 이름을 사칭하는 작품들이 종종 나타나 문학계에 파문을 일으킨다.

1887년 | 33세

1월, 요하네스 4세와의 전쟁에서 메넬리크가 승리한다.

2월 랭보는 마침내 쇼아의 수도 안코바르에 도착하지만, 하라르 원정에 나선 메넬리크는 부재중이다. 그를 만나러 다시 온토토로 간다.

3월 메넬리크는 터무니없이 낮은 가격을 제안하며 그마저 일부는 하라르에서 치르겠다는 조건을 건다. 부조리한 협상에 지치고 라바튀의 채무까지 짊어지게 된 랭보는 결국 메넬리크의 어음을 받아 쇼아를 떠난다.

7월 아덴에 도착, 프랑스 영사관에 무기 거래가 메넬리크의 억지와 현지 악조건으로 인해 참담한 실패로 끝났다는 보고서를 제출한다.

8월 허리 류머티즘과 왼쪽 무릎 통증으로 카이로에 있는 병원에 입원하여 몇 주를 보낸다.

10월, 랭보 관련 자료들을 모으던 상징주의 시인 로돌프 다르장이 드므니로부터 1870년 랭보가 맡긴 시 묶음을 전해 받는다.

1888년 | 34세

1월, 베를렌이 《오늘의 인물들》에 랭보론을 쓴다.

5월 랭보는 아덴의 커피 상인 세자르 티앙과 계약, 하라르로 돌아와 다시 중매상으로 일한다.

1889년 | 35세

《독립 평론》 1~2월호에 다르장의 랭보론과 함께 드므니 원고철의 미발표 시들이 게재된다.

1891년 | 37세

3월 오른쪽 무릎 통증과 부종으로 진찰을 받는다. 의사는 프랑스로 돌아가라고 권한다. 약 20일간 침대에서 일을 계속하다가, 급하게 사업을 정리하고 연안까지 후송될 때 쓰기 위한 들것 설계도를 그려 만들게 한다.

4월 7일 하라르를 떠나 11일간 사막을 건너 제일라에 도착, 그곳에서 배를 타고 아덴으로 건너간다. 아덴의 의사는 중증 활액막염으로 진단하고 즉각 절단할 것을 권했다가 며칠 기다려보기로 한다.

5월 9일 배를 타고 마르세유로 와서 병원에 입원, 활액막염이 아니라 골수암이라는 진단을 받는다.

5월 22일 어머니에게 와달라고 전보, 어머니는 누이동생 이자벨과 함께 다음 날 밤에 도착한다.

5월 29일 다리 절단 수술을 받는다.

5월 30일 랭보는 하라르 총독에게 편지로 수술 소식을 알리는 한편, 회복에 20일 가량 걸릴 것이며 몇 달 뒤 하라르로 돌아갈 것이라고 기별한다.

6월 9일 어머니와 이자벨이 떠난다. 수술 후유증과 목발 사용으로 인한 통증이 점점 심해진다.

7월 22일 마르세유를 떠나 로슈로 돌아간다. 인공 다리를 맞춘다.

8월 23일 한 달여간을 로슈에서 지낸 랭보는 그곳에서 겨울을 보낼 수 없다며 이자벨을 대동하고 마르세유로 돌아가 다시 병원에 입원한다. 왼쪽 다리와 팔까지 암이 진행되어 있다.

9월 22일 이자벨은 랭보가 더 살 수 없을 것 같다고 어머니에게 편지하며 마르세유에 남아 그를 돌보겠다고 전한다. 진통과 고열로 인한 착란 상태가 점점 더 길고 심해진다.

11월 초, 자신의 글을 허락 없이 서문으로 달아 랭보 시집을 낸 출판사에 다르장이 소송을 걸어 승소, 랭보의 첫 번째 시 모음집 《성유물함》이 11월 9일 판매 중지 처분을 받는다.

11월 10일 오전 10시, 아르튀르 랭보가 병원에서 사망한다.